U0164639

M+D
母女文集

尹遠紅 & 詩嘉 著

本創文學 90

M+D 母女文集

作　　者：尹遠紅&詩嘉
責任編輯：黎漢傑
編輯助理：阮曉瀅、何詠宜
封面設計：Gin
內文排版：陳先英
法律顧問：陳煦堂 律師

出　　版：初文出版社有限公司
　　　　　電郵：manuscriptpublish@gmail.com

印　　刷：陽光印刷製本廠

發　　行：香港聯合書刊物流有限公司
　　　　　香港新界荃灣德士古道220-248號
　　　　　荃灣工業中心16樓
　　　　　電話：(852) 2150-2100　傳真：(852) 2407-3062

海外總經銷：貿騰發賣股份有限公司
　　　　　電話：886-2-82275988　傳真：886-2-82275989
　　　　　網址：www.namode.com

版　　次：2023年11月初版
國際書號：978-988-70074-2-5
定　　價：港幣118元 新臺幣400元

Published and printed in Hong Kong
香港印刷及出版

端坐高枝的蟬唱（代序）
──讀《M+D母女文集》

大弓一郎

　　詩歌河流上的詩人，如纖夫，拉扯著這片「孤帆遠影」，從歷史的叢林峽谷中淡進淡出，且生生不息。人類的文明史從這個角度上閱讀，充滿了「詩意」。而詩意，正是人類活著，繁衍至今還依舊充滿期待的證據。

　　在此，「詩意」是一個大概念，包含著人類所有的意義與無意義。

　　一眨眼，人類已開始進入 AI 時代。尤其是在後疫情時代，詩歌所具有的人的「溫度」究竟在哪裏？還有沒有意義？詩人們在逼仄的窄巷中，是否還能看見寬闊的未來之路？我們心灰意冷的未知之所，還有什麼可以慰藉我們的長夜？

　　我當然知道，詩歌從未真正解決過凡俗日子中的人的困頓。這，正是一種天大的「詩意」，一種分明要來卻又永遠缺席的喟歎，這無上的「喟歎」，便是詩歌史的全部。便是人類史的全部，也是個人史的全部。

我也當然有權利，不去喜歡這樣一類詩人，以及他們的所謂的「詩意」，他們盡情地在時代與個體的困頓中自嗨，翻江倒海。丟掉了本該完全屬於他們的那些謙卑。成天為寫不出詩句（傳世的不朽的）而苦惱的詩人，真是可笑！

　　那種標榜自己是為詩歌而生的詩人，真是生錯了地方！

　　相反，我倒是很欣賞那麼一些人，默默地寫，慢慢地寫。沒有主義，沒有相互捧場的「圈子」。他們也不在乎別人的評論。這個星球上有近八十億的人口，誰會在意誰的哭天喊地的「詩意」？這場景看上去，倒是挺有「詩意」的。

　　在他們看來，詩歌其實很簡單，就是一陣情緒的波動，就是一陣風。

　　香港詩人尹遠紅便是這樣認為的。她說：「波動與風，使我與這個時代有了觸摸與互動，這便是意義，抑或叫詩意。」

　　這次受邀為她的新書作序，我系統地閱讀了她近幾年寫的文字。給我印象深刻的也就是世事的、內心的「波動（不是波瀾）」與「溫度（不是溫暖）」。

　　詩人在一首寫給父親的詩歌中寫道，「山越來越矮小 / 越來越喘息」〈來吧！我們一起〉，與父親相

比，山越來越矮小，與山相比，父親的喘息越來越深重。這裏既有情緒又有溫度。可惜的是，殘酷的溫度，它只殘不酷。這就是詩意。

再比如在這首寫給女兒的〈愛你〉中，詩人寫道「唯獨愛你，是我今生最長久最確定的事」。是啊，還有什麼比知道愛一個人更確定呢？愛不是一陣風，是風過後綿長的情緒，是一種有海拔的溫度。

這樣的詩句不經雕琢，款款而來。

如果一定要說詩人肩負著什麼使命，那這個使命便是：愛。

愛父母、愛兒女、愛愛人、愛自己，愛一切值得愛的人或事物。這些在尹遠紅的詩歌中都有顯現。

其它不說，單單詩中把「愛自己」寫得如此令人難忘的詩人還不太多。這不是自戀，是一種新生，是在既有情緒之中，滲透著自己的原則與個性。「踩著地上瓜果腐爛的時間／黑色的／傾聽木棉炸裂的時間／白色的／林間蟲鳥即興演奏的聲音／在它們中間，稀釋黑與白」〈黃昏之後〉，第一眼看這些句子，就只是一截閒適與觀望的某個黃昏。為什麼不是清晨，或午後？在給這首詩命名為〈黃昏之後〉的那一刻，詩人主宰了時間，也主宰了空間，且毫無商量的餘地！這便是愛自己的最好注釋。在〈港大外的道路〉這首詩中，詩人給她的讀者分發了酒、山色、月色，

詩人寫道「讓醉返回酒／返回山色／讓花的嬌喘，還給月色／——盡是好酒」，我們似乎看到了向風或背風而行的女子，在微醺中對自己自語：「盡是好酒」，這是對自己莫大的肯定的肯定，是「愛自己」的完美表述。

通讀文稿，還發覺詩人尤為喜歡「玫瑰」這個意象。在詩人筆下，玫瑰如同寶藏。在詩人的臂彎上留有刺的劃痕與葉瓣的香氣，這是靈魂對接的暗語嗎？或只是港島線上的一痕詩意。在玫瑰的出沒處，鋪展漫天的情緒與目不暇接的對視。

而詩歌，恰恰是對視的產物。

你看「她說她那裏／也有一支古箭／自那只愛情鳥迷失叢林後／一直高懸／金色的，只射擦玫瑰的心」〈箭與劍〉。在這幾句詩中，我們真的感受到了冷兵器時代也有的那些可歌可泣的美麗，也有無法約定的或不期而遇的邂逅。這或許便是詩歌的蹤跡吧？

這也是玫瑰的蹤跡！我更願把這看成是詩人的出處、來路與未知的末日。

詩人還寫過「總是喜歡給喜歡的套上／漂亮優質的語衣／給借來的時光，過路的風景／給霧途的玫瑰與遠方」〈總是喜歡套上漂亮的語衣〉。在這首詩中，也集中體現了詩人的風格，詩人愛自己（漂亮的外衣）、愛愛人、愛玫瑰、愛遠方……

行文至此，我會問自己：有了這些「愛」，哪怕不寫字，也都將是一個有情緒與溫度的詩人了吧？

當然，詩人尹遠紅對詩有自己的看法，她寫道：「這古老的語言，總在 / 下一代手中翻新 / 像星星的夢境 / 出浴的朝陽」〈語言〉。

在香港詩壇，尹遠紅算是一個新人，一個鋼筋水泥森林中的「下一代」。也願詩人如星星的夢境，出浴的朝陽那樣，帶著情緒與溫度，慰藉你的讀者們的漫漫長夜。

二

「這古老的語言，總在下一代手中翻新！」

這句詩就像一個預言，讓我也有機會閱讀這本《母女文集》中另一個作者——詩人尹遠紅筆下的「下一代？」——她的女兒詩嘉的文字。

當然，我讀到的詩嘉的文本，只是她全部文字中的一鱗半爪。

童話、散文、小說（短篇）、詩歌，不同的文體，不僅僅呈現的是她對文學的持續的熱愛（這一點非常可貴），更顯示了這種實踐過程強大的成長力。

我們不能忽視任何一個在二十一世紀初成長起來的年輕人。他們的那些特質，就是未來的特質。是我們這一代人不具有，但又必須時刻觀照的那種存在。

　　但令人汗顏的是，我們中的許多人，其自身已經被時代打得潰不成軍！面對過去、現在與將來，我們早已經啞口無言。或許，這就是生命之河的必然。

　　因此，我們與其在對未來難以企及的哀號中神不知鬼不覺地老去，倒不如潛下心來，讀讀青年人的文字，與他們的喜怒哀樂時時打個照面，在煙塵繁複的世相中，諦聽那些稀缺的品質與共鳴。

　　這也是我為詩嘉的文集寫點什麼的初衷。

　　我注意到，詩嘉文集中最早的一篇寫於 2009 年 1 月，小學六年級。我驚歎於她的聰慧，在那些文字起落中，我彷彿看見含羞草與小作者不停地互換著各自的存在與生存狀態。有時他們是疊合的，在由天光映照的角落裏暗自神傷。那種情緒完全超越了作者的年齡，她看不透結局，可又相信結局的存在，「存在」始終在，且不斷地和她打著啞語。

　　於是，它回饋以這樣的文字。

　　「其實，生長在與世無爭的牆角，本就是種福氣」，「它們（燕子）起飛時，帶走了無形無色的塵土，也帶走了向往天空熱愛自由的含羞草的心」（童

話《含羞草》）。行文沉著，畫面切換簡潔自如。我聯想到她現在的影像剪輯工作，突然發覺，她在十幾歲上就展露了這方面的潛能，或趨向。我不確定詩嘉在澳洲新南威爾士大學的具體專業，這並不重要。重要的是，她始終展示給讀者的是一顆悲憫的心。

正如她寫的那樣：「有時候，一個小小的微笑就是最好的回報。」

「回報」如同一面鏡子的內層，流動著的是悲憫的水銀！

這是一個孩子的信念。一個還在成長的信念。更多時候，她是她自己的羅盤，也是她調撥方位的手指。

悲憫之心也貫穿在詩嘉的其它文字中。在散文《泥土之上》中，她詳細地描繪了她與曾祖母的一段生活經歷。可以看出，一個未成年女孩的生死觀已初步形成。比如他懂得「在米飯中插立筷子象徵著墓碑」。那麼，「墓碑、死亡」，這些灰黑色的詞語，出現在清澈的瞳孔中是什麼顏色？

「今晚的夢也似往常，夢中照樣是一座孤立的泥胚房，照樣有滿牆的洋燭和豎著木筷的瓷碗，但不同的是，癟著嘴的曾祖母，走向那碗不再冒熱氣的米飯。蠟白的月光鑽進碎瓦片，爬上桌子，爬了個滿地……」

誰都會經歷至親的離去，每個人都會有自己獨特的記憶。在詩嘉的記憶中，死亡就該是曾祖母癟著嘴的顏色，是蠟白的月光的顏色。

這些奇特記憶，構成了詩嘉生命底色的一個重要片段。

多年後，她寫道，「曾祖母還站在那裏，就像是院墻上呼地又新生出一株古樹；走過幾方土地再回頭望，她又變成了一棵樹椏，還徐徐揮動著樹葉；最後，她終於小成了一顆櫻桃，落下來。」讀到此，我感同身受。

祖輩就是用來消逝的。不是嗎？

在我眼裏，說詩嘉是一個詩人更準確。

她與幾個熱愛詩歌的年輕人組成的「詩人遊擊隊」，把「詩喃」引入上海，幾場公開的活動非常成功，反響極大。我想，假以時日，詩人遊擊隊會成為上海詩壇的一股力量。

她們不一定要打勝仗，快樂、自由地表達就好。

因為詩歌，已經到了反叛詩歌的時代！

我也是首次接觸詩嘉的詩作，她具有敏銳張揚的詩歌神經，充滿個性與張力。在她詩歌脈絡的紋理中暴露了她的時代與這個時代中所有的不堪。

更令人驚喜的是，她的詩歌，為更年輕的一代人所接受。

我喜歡這樣的詩句：「此刻，月亮癱倒在調色板裏 / 一百輛火車槍斃我的胸腔」（〈面包喝光了〉）。又比如「開門，叩響；/ 跑，再跑！/ 雙腳摔入沒膝的深藍」（〈失焦〉）。「她的舌尖輕舔紅色的 / 曠野，便在一切語言之上」（〈短途〉）。

看見了沒？一個從小愛繪畫的孩子，開始用漢字塗鴉她內心的那些無限可能的圖案了。她自身也將充滿無限可能。

20230720 於上海

【序作者簡介：大弓一郎，本名張夷。詩人、畫家、音樂人。曾就讀於蘇州大學政治系、復旦大學中文系。著有詩集《在心情與腳步之間》、隨筆集《在天堂與天堂之間》、詩集《造一座城》。】

目錄

端坐高枝的蟬唱（代序）

　　——讀《M+D 母女文集》　　大弓一郎　/　i

《詩嘉文集》　詩嘉

一　童話故事

含羞草　/　003

多夢森林裡的故事　/　022

二　散文

我的冬天　/　063

Letter　/　066

泥土之上　/　071

三　小說

我們的紀念冊　/　080

草魚（虛構短篇）/　106

四　詩歌

禮拜　/　121

無毛之地 / 123

蛀空 / 124

短途 / 125

失焦 / 126

再誕生 / 128

祖母的傍晚 / 130

江城 / 132

麵包喝光了 / 133

《禮物與隱喻》詩選集　　尹遠紅
（2011 年至 2023 年）

語言 / 137

詩集《回聲》 / 138

海的修辭 / 139

愛你——寫給女兒 / 140

給孩子 / 142

維多利亞海的舊碼頭 / 144

登香港南朗山 / 145

香港芝加哥大學古跡處 / 146

維多利亞海傍的鳳凰木 / 147

東方之珠 / 148

香江是個海 / 149

燈，或致詩　/　150

我的詩　/　151

致先行者，致新綠　/　152

浪花　/　153

蟬與禪　/　154

夏日漫長闊大　/　155

峭壁　/　156

影像描述之：高貴的額頭　/　157

影像描述之：説虎　/　158

東方明珠　/　159

蟬的信條　/　160

記憶中的八月　/　161

網　/　162

影像描述之：感恩節　/　163

立冬。雁南飛的漂泊　/　164

香江之畔　/　165

來吧，我們一起　/　166

不動聲色　/　167

就這樣　/　168

十月書　/　169

賜　/　170

等你——致孩子　/　171

給喜歡的套上漂亮的語衣　/　172

香江兩岸　/　173

在一起　/　175

影像描述之：蘋果花與斷腸草　/　177

種子的信條　/　178

九月　/　179

遠　/　180

或許無奈，或許故鄉已遼闊　/　181

蝸牛　/　182

地攤或邊緣與中心　/　183

魚的局限　/　184

每一次告別都是成長　/　185

箭與劍　/　186

門　/　187

經驗　/　188

父愛　/　190

願世界善待每一個孩子　/　191

香江的秋天　/　192

向蝴蝶族致歉　/　193

影像描述之：小跑步的歡欣　/　194

他的手　/　195

影像描述之：刀客或創世紀　/　196

落日　/　197

活過　/　198

黃昏之後 / 199

女兒的小嘴 / 200

女兒的眼睛 / 201

他的眼睛 / 202

端午 / 203

水與墨 / 204

六月 / 205

母親的草帽 / 206

致石川啄木，致自己 / 207

影像描述之：新年寄語 / 208

月亮 / 209

影像描述之：細節 / 210

女兒的手 / 211

中秋之月 / 212

觀香港海事博物館 / 213

生活是一場水落石出的過程 / 214

香港魔窟 / 215

香江，一種溫暖的感覺 / 217

愛香江的關聯 / 218

現象 / 219

雪的信條 / 220

父親去世後 / 221

致時光 / 222

定論 / 223

名字從花苞裡喊出來 / 224

讀香江剪影圖記 / 225

劇中香江太平山 / 226

海體 / 227

際遇 / 228

玫瑰雲 / 229

玉君 / 230

酷暑 / 231

回聲 / 232

影像描述之：他的手 / 233

影像描述之：基調 / 234

叢林 / 235

港大外的道路 / 236

一隻落單的耳環 / 237

愛──致佩索阿 / 238

五月，船歌 / 239

世相，真相 / 240

落葉 / 241

飛鳥與魚 / 242

活著 / 243

秋實 / 244

影像描述之：記憶城堡 / 245

塵灰 / 246

煉爐 / 247

散步 / 248

東方之珠 / 249

影像描述之：匯入 / 250

三月，我與春天有個約會 / 251

那一天──致張國榮哥哥 / 252

七月的旅行 / 253

影像描述之：兩條河流 / 254

影像描述之：園子或讚美詩 / 255

影像描述之：春信 / 257

依然是你們 / 258

旅行 / 259

果實 / 260

影像描述之：塵緣 / 261

影像描述之：致雪 / 262

雪 / 263

食糧 / 264

夏日最後的玫瑰 / 265

影像描述之：新世界 / 266

跋：最幸福的母女關係叫筆友　　　鄧建華 / 267

作者答謝語　　　尹遠紅 / 271

《詩嘉文集》

詩嘉　著

作者簡介：詩嘉，97年出生，畢業於澳大利亞新南威爾士大學，現從事傳媒行業，上海詩喃組織詩人遊擊隊主理人之一。自幼愛好文學、音樂及繪畫。八歲開始寫日記，小學二三年級練習寫童話故事。繪畫與彈古箏比賽獲得過多個獎項。文章散見《重慶晨報》、《重慶晚報》、《北部灣文學》、《北海晚報》等報刊及文學雜誌。

一 童話故事

含羞草

（一）

　　清晨，老果農的小花園被第一場春雨的薄霧所籠罩，但嬌媚絢爛的花兒始終散發著盛放的光芒，爭先恐後地向世人展示著自己的美。好強、自私是她們共同的個性。花園裡，香氣彌漫，連掠過的涼風都夾帶著淡淡的花香；明艷多彩，連無意中路過的蟋蟀都拍手稱好。那些虛榮傲慢的花朵都認為是自己為花園帶來了獨特的風景，眯著小眼，稱讚自己。意見不合，便鬧開起來。這裡一片，那裡一片，聲浪一陣高過一陣，吵得天上的小鳥喳喳直叫，園內的小草驚恐地想縮回地底，待太陽爺爺睜開眼，花兒們才靜下來，正襟危坐，像一個個課堂上向老師爭寵的小孩。

　　但，不是所有的花都像這樣，譬如雛菊，她們本分地生長著，獨自挺立著花脊，默默地裝點著花園的美麗，平凡中又顯得不平凡，讓人在看了艷麗的花朵後，清涼下眼球。謙虛、沉默是雛菊們共同的個性。她們從

不驕傲，因此被其他花兒排斥，唯一與她們合得來的是同樣被排斥，在牆角野生的，一大片翠綠的含羞草。

含羞草是小孩子們的最愛，那些可愛的孩子摘下她們，用稚嫩的小手觸碰她們，使她們合攏葉來，然後，躺在散發著清新氣息的草坪上，看著含羞草，以為她們會再次張開瓣兒。雖然，她們不會，但孩子的臉上還是掛著笑容，把含羞草掩埋在微細的草叢中，帶著童真回到家去。含羞草也不怨，她們和可愛的孩子相處了一會，感到格外的快樂。所以，親切、隨和是牆角那堆默默無聞的含羞草特有的個性……

（二）

牆角，羽毛般的纖細葉子，溫柔甜美的花形，株形散落，一眼就讓人認出，這是文弱清秀的含羞草。除了時不時要被自大花兒刁難，為雛菊打抱不平，含羞草日子過得算是清閒。其實，生長在與世無爭的牆角，本就是種福氣。

她們在自己狹小溫馨的空間裡，沐浴陽光，享受滋潤，把世上的一切都看得是那麼美好。這，自然會遭到鄰居花兒的不滿，可含羞草卻對她們報以微笑，繼續在自己的空間裡思想，第一印象會給人深沉的感覺，但事實上她們是很開朗的，瞭解深了，遲早會發現。

日近黃昏，「報春使者」燕子從南方飛回來了，還是老模樣，剪刀似的尾巴，單色翅膀，靈活的身影。也許是累了，又也許是貪玩，不願再飛行。她們就在花園牆角的木柵上停歇了，有的把頭俯在羽毛下睡懶覺；有的則舔舔翅膀，保持形象良好；還有的歪著腦袋，凝望著正伸著懶腰的含羞草：「嘖嘖，這小東西是啥？綠幽綠幽的，奇了！瞧她小小的葉兒，還會動嘞！」含羞草聞聲，緩緩擡起頭來，出於禮貌微笑一下，又動動葉兒，道：「我們叫含羞草，真高興，能在如此溫暖的環境下見到你們！」燕子明瞭，把頭扭回來，動動小腦袋，算是點頭。自大的花兒們看見燕子，認為是專程來欣賞她們的，便擺動花瓣，做著各種嬌媚的姿勢，可燕子覺得含羞草特別，便不往花兒們看去。這可惹急了太陽花，她鬧喊道：「喂，燕子，太陽要落山了，再不看就看不到了噢！」其他花兒也附和。燕子們被花兒打擾了，不屑地離開了。她們揮動墨黑的翅膀，成「人」字形，飛上被晚霞映紅的天空。

　　她們起飛時，帶走了無形無色的灰塵，也帶走了嚮往天空，熱愛自由的含羞草的心。夜靜了，太陽花失去陽光的照射，已垂下驕傲的花瓣，其他花兒也已合上眼，唯有含羞草們還在牆角的空間裡思想著，思想的內容是藍天、白雲、自由、嚮往……

（三）

　　天空中飄著零散的小雨，花園裡處處可見或深或淺的水窪，「呱呱」的青蛙叫連成一片，倒成了一支可愛的遊動樂團。

　　秋天，這樣的天氣自然是要招罵的：誰希望豐收的時候下起綿綿的雨來？但，現在是春天，萬物都需要滋潤，所以大家都是盼著雨來——有時人的心思，還真是猜不著，捉摸不透，像美洲印第安人傳說的水晶骨頭般神秘莫測。

　　暗沉色的牆壁，爬滿了野葡萄似的常青藤，那小小的奇異的樣子，是鳥兒的最愛，味道……想必只有親自嘗過方可知道！往下望去，牆角那叢含羞草映入眼簾。她們懶散地撐著懶腰，那模樣，煞是逗人喜愛。身旁的雛菊，因是春天，花瓣短小筆直，就像是未成型的菊花。她們挺直身板，貪婪地吸收著雨水，渴望能早日變成花瓣長而捲曲油亮的成年雛菊。

　　自大花兒們知道這種天氣，不會來訪客，不必比美。它們就四下張望，東瞧瞧，西看看：看到其他花兒，互瞪一眼，樣子很凶；看到含羞草，輕哼一聲，鼻音很重。看到雛菊，太陽花瞥過眼，望天，影射雛菊，說：「嘖嘖，我說，有些人吶，可真是不知好歹，麻雀還想變鳳凰，即使長大了吧，不也一樣那麼醜？就別枉

費心機了，也不嫌累！這麼大張嘴，也不怕雨水被你們吸得乾涸掉啦？！」其他花兒聽到太陽花這番話，捂著嘴，偷偷地笑，笑得好不張狂。雛菊花兒聽懂了太陽花話中的諷刺意味，你望望我，我望望你，後竟委屈得金豆豆都掉了下來。達成目的的太陽花，眉笑顏開。

看到這，含羞草可不悅了：「口德……天堂……」簡短的四個字，聲音拖得很長。可說得自大的花兒們都羞紅了臉，耷拉著瓣兒，皺起了眉。雛菊看著她們的樣，還沒明白過來，又反復咀嚼含羞草話中的四個字，明瞭：花間流傳著一個傳說，花兒枯萎後，是要上天堂還是入地獄，是要看她生前的口德而定，這些愛與別人比較，愛慕虛榮的花兒當然希望上天堂啦。

含羞草又再一次幫雛菊解了圍，雛菊感激不盡，報以她們微微一笑，笑得很甜，很美，其實有時候，一個小小的微笑就是最好的回報……

（四）

綿綿小雨結束之時，已是第二天正午了。雨後的陽光異常明媚，讓人產生一種失而復得的欣喜情愫。

小雨殘留下的雨珠，正順著含羞草的葉脈緩緩地滑落，落下後，滲入到土裡，悄然無聲。或許有聲，不過是人聽不見罷了。雨珠曾流過的地方，形成一條線，淡

淡的線，留以作為紀念。那條線在陽光的照耀下，清晰可見。

幾隻白紋纏繞於翅膀上的蝴蝶，在花間快速地穿梭。它們是在找各自的伴兒！它們發出嘶啞的聲音，這聲音細而長，像是發出的求偶資訊。

獲過「勞模」獎的辛勤的蜜蜂，仍然拖著鋼鐵般不怕勞累的身子，各顧各的忙碌著，「嗡嗡」聲響像潺潺的流水聲一般……

這一切的聲音，都是如此的美妙，使得含羞草困意全消，葉莖托住下巴，陶然地聽著這大自然的韻律，閒逸地數著時間「一秒，兩秒，三秒，四秒……」有人會羨慕她們這種日子，可這樣的日子過得久了，她們有時會覺得——這真無聊！是啊，瞎玩著，不能四處走走，是不會得到驚喜的，可生活，不正需要驚喜的點綴嗎？有時，她們真是閒昏了頭，竟想把自己連根拔起，好好地在村落裡轉轉。「這樣的想法可真是荒唐！」這是整天裝著博士樣的太陽花的話：「這樣的生活有什麼不好？多悠閒吶！就別整天抱怨了吧！」

「快打消你們那念頭吧！」連雛菊也這麼說。但含羞草並不怪她們，她們太愛玩兒，太愛鬧著了，這種無趣的生活可不是含羞草們嚮往的，那些花兒是不會瞭解她們的——所謂「志不同，道不合，不相為謀」嘛！

像含羞草這樣的日子，人類是給它起了名字的，兩個字，很好聽。人們把它叫做：空虛……

（五）

次日，陽光依舊，卻是個令人生悲的日子。

昨天夜晚，一個繁星若塵的夜晚。花園裡靜悄悄的，一切植物都已進入幻美的夢境。果農拿著鐵鏟子，來到花園，身後跟著他餵養的斑鬣狗——黑子——一隻很會巴結主人，滿身斑點，極不討人喜歡的傢夥。果農站在花園裡的小路上，環顧四周，一副若有所思的樣子。許久，他開始行走，向著雛菊。來到雛菊旁，他揮動手上的鐵鏟子，一寸一寸的，土地空了出來。一株株雛菊的生命，就隨著鏟子所發出若隱若現的「沙沙」聲，結束了。

待報曉的雞，仰天啼叫，花兒們看到雛菊那處地，已是空空如也，但始終弄不清是怎麼一回事。花兒們都咕噥著猜測起來。牆角，有零星的哭聲，她們為失去良友，而掉下眼淚。「一滴，兩滴……八十九滴……」還沒能止住。是啊，失去最好的朋友，誰的心情能好？除了眼淚還是眼淚。

「噢嗚……」狼一般的叫聲，一個黑影從果農的瓦房裡走出來，朝花園走來。黑影走近，花兒們才漸漸看出是誰，黑子，那隻討人厭的斑鬣狗！

「哈哈……」黑子咧開嘴，笑說：「我模仿狼的叫聲，越來越像了吧？」

花兒各瞪他一眼，沒人搭理他。黑子感到無趣，直入正題：「好，不鬧了。我來啊，是要告訴你們雛菊失蹤的真相的！」說完，他慢悠悠地走到那片空地上，趴在冰涼土上歇息。

這可引來了花兒們的注意，含羞草更是心急，一個勁地催黑子快說，感到備受關注的黑子來了精神，那話匣子一打開，就關不上了：「那是昨晚的時候吧，果農他……額，等等，我來介紹下那晚的天氣，哇哈，那可是風天黑地，暗無天日啊……」黑子講得唾沫直飛。

含羞草心裡明白，照黑子這麼小題大作的講下去，可能說到日落西山也說不完，她們忙異口同聲地說：「打住打住，黑子，講重點！」

「……」一陣沉默後，黑子送給含羞草一個白眼，然後，毫不情願地默許了含羞草的要求：「果農把雛菊給割了，要空出地方，種白色米蘭。耶，說到這個米蘭吧，我可知道不少哈，那米蘭啊，傲慢自大得很吶！以為自己身上有象徵高貴優雅的白色啊，就很不得了似的，一天就……」一個個白眼攻擊像子彈似的射向黑子，黑子方才住口。

知道事實的含羞草，停止哭泣，心裡撕心裂肺地疼。自大的花兒們，心裡也很不是滋味，她們也不禁懷

念起雛菊：被自己欺負的雛菊，不會記仇的雛菊，想早日成年的雛菊，總是笑得像明艷太陽一般的雛菊……也對白色米蘭即將的到來，感到深深的不安。

黑子很不適應這種氣氛，為緩解，立刻爆發出驚天動地的笑，笑罷，回到瓦房去，只留下花園裡，那無邊的沉默……

（六）

熾熱的太陽，一如既往地掛在天上。雛菊被割了，還沒等花園的氣氛緩和過來，果農便開始種植米蘭——黑子口中傲慢自大的米蘭。

鋤草、翻土、耕地、播種、施肥、滅蟲、灌溉，樣樣都做得精細。黑子尾隨其後，每天陪著果農來種植。與其說是陪果農，不如說是為了自己來玩。

當果農種得汗流浹背的時候，他卻在花園裡追趕蜻蜓。那蜻蜓煞是中看，圓鼓鼓的眼睛，透明的翅膀上還泛著淡淡的柔美的紅光。瞧黑子，輕輕縱身就跳過了太陽花，嚇得太陽花一邊縮頭一邊喊：「黑子，慢點！」黑子回頭向她眨巴眨巴眼兒，又轉回頭來朝著蜻蜓汪汪地叫，即使不看腳下，他也不會跌倒，不會摔跤，腳下就像生風一般。追了好久，還是追不到，畢竟蜻蜓是有翅膀的，是會飛的。可黑子就是不甘休，待蜻蜓感到煩

悶後離去，他才不滿地咕噥著什麼，無奈地趴在花園的井邊，安靜了。

可這黑子，是生性就沒法安靜吧，地還沒捂熱，又追蜜蜂去了。蜜蜂是來采蜜，他讓著他，不跟他計較，飛得高高地，然後，立在那裡，直扇動翅膀，以為他追一會兒便可甘休。但黑子卻蹲在地上，把蜜蜂直直地望著，不前進，也不後退。對視良久，蜜蜂看黑子還不走，沒耐心了，想要離去。不過黑子浪費了他不少的時間，咽不下氣，又疾速往下飛，到了黑子那棕色的鼻子旁時，轉過身，用力一蟄。「汪汪……」黑子不住地叫。

「啊哈哈……」花兒們連同含羞草都笑彎了腰。果農聽到叫聲，以為出了什麼事，回頭卻沒望見什麼，吵道：「黑子，別亂吼，聽著煩人。」語氣中帶有憐愛。

黑子搖搖粗大的尾巴，等果農帶著滿意的笑回過頭去，黑子怒視花兒們，厲聲地說：「敢笑！小心我叫我的好朋友——公雞，吃了你們。要想不被吃的話，就閉上你們的破嘴！」

花兒們都知道公雞是如何厲害的角色，閉上嘴。但含羞草不怕，繼續說：「黑子，難道你不知蜜蜂會蟄人麼？未免太孤陋寡聞了吧？！」

「你……你管我？想被吃嗎？哼！我大人不記小人過，這次就……」話未說完，鼻子上一陣奇癢，後又火辣辣地疼了起來，一個粉紅的包長了出來，越長越大，

黑子滿是驚恐，撒腿就跑，他「啊啊」直叫，叫聲劃破
了天際，連森林裡的鳥兒都被震得飛了出來……

（七）

　　春末夏初，果農每天起早貪黑地勞動，終於有了成
果。那片雛菊曾待過的地方，被米蘭取代了，雛菊的花
香氣息也換成了米蘭的淡雅幽遠的清香。

　　正如黑子所說的一樣，米蘭舉止優雅，顏色高貴。
但她們的性格是如何，還要接觸久了才知道。米蘭，顧
名思義，是不是米飯大小的蘭花呢？不過，她也的確是
米粒般的大小呢！米蘭有許多細長的枝幹，每一條枝幹
上面都長著七片湖水般碧綠色的葉子，形狀像天使的翅
膀；每一條枝幹上，幾乎都有那白色（略黃）的高貴身
影。小小的她們，擁在一起，整天都像過節般熱熱鬧鬧
的。她們各擁有五片花瓣，花形呈星星的可愛樣式。花
蕊裡的花絲也是細長細長的，比花瓣稍短一些……

　　看到如此漂亮的米蘭花，自大的花兒們也頓時傻
了眼，不過，愛面子的她們不想讓新客人瞧不起，便回
過神來，本來推薦太陽花代表花園向她們獻上歡迎詞，
但太陽花怕自己會搶先領教到米蘭的傲慢，便撒謊說自
己嗓子沙了，讓含羞草幫她說。含羞草顯得很平靜，說
了聲：「你好……」便側過頭去，仰望天空，因為她們
不想看到米蘭身上的顏色，看到米蘭的白色就會想起從

前的雛菊。米蘭微微地點點頭，沒說話，臉上洋溢著微笑。涼風習習吹來，日子又流逝了。

傍晚，米蘭合上眼後，含羞草就一直盯著她們看，覺得她們長得像童話裡的主人公一樣：天使翅膀般的葉片，星星狀的花形。不禁又懷念起雛菊，閉上眼，再睜開時，眼睛旁已掛滿被月光照得晶瑩的淚珠⋯⋯

（八）

正午，火辣辣的太陽回家了，西北風涼爽地吹著，陰天，要落雨了。

「阿嗚⋯⋯」熟悉的狼的模仿聲，是黑子，他正笑眯眯地朝花園走來。

到了花園內，他含笑，熱情地給花兒們打招呼：「大家好！」可花兒們各顧各的，和往日一樣，沒人搭理他。被潑了冷水的他，拉下臉，不笑了，一團「火燒雲」悶在心裡。可，當他看到正伸著懶腰的米蘭時，臉上的笑容又不吝嗇地浮現了出來。

他輕輕地走到米蘭花身邊，「喂！」他叫道。這可把米蘭嚇到了，米蘭身體一抖，猛地回過頭。他捧腹大笑，差點笑得岔了氣兒，又說道：「真是嬌生慣養，膽小的大小姐啊！啊哈哈，哈哈⋯⋯」

米蘭大概是被氣到了吧，她憤憤地說：「狗嘴裡吐不出象牙，我算是見識到了！」

「你……米蘭，你別以為自己很了不起啊！告訴你，在這兒我可是老大！！！」黑子把眼睛睜得圓鼓鼓的，尾巴都立了起來。

「不見得吧！」正在午睡的含羞草被吵醒了，說：「你是老大，那玫瑰花是什麼？」含羞草說著，目光投向了聞聲而擡起了頭的玫瑰花。

「黑子，」花園的管理者玫瑰花知道事情的前因後果，語氣中略帶挑釁地說：「最近沒捱刺了，不舒服啊？要不要我幫幫你呢，我的刺和蜜蜂的刺，可是差不……」

「不要，不要！」黑子怕了，想起前幾日被狠毒的蜜蜂螫起大包的事，心裡「怦怦……」地跳個不停，夾著尾巴，灰溜溜地逃走了。

「還是有自知之明嘛！」含羞草笑說。

米蘭眨眨眼，想：花園裡的朋友還是蠻好相處的嘛……

（九）

下午，天空中出現了一條條似青煙般柔弱的烏雲，霎時，天變得黑咕隆咚的了，變成一種令人恐懼的黑色。花園也被黑壓壓的色調籠罩著。麻雀飛過花園上空，不安分地叫著；頑皮的魚兒浮出水面，呼吸空氣；燕子帶著剪刀似的尾巴，低低地飛著，差點碰到了果農的瓦房屋頂的方磚；菜花蛇「嘶……嘶……」地叫著，

在小路上爬來爬去；井底，滿身疙瘩的癩蛤蟆也叫起來……

米蘭才來到這個世界不久，對這一切都不熟悉，她們望著越來越黑的天，聽著令人害怕的蛤蟆叫，怯生生地問：「這……是怎麼一回事？好好的天怎麼突然黑啦？是晚上了嗎？這「呱呱呱」的又是什麼聲音？麻雀怎麼這麼著急呢？」

含羞草像個小解說員一般，解釋道：「烏雲會變魔術，它變走了太陽，變黑了天。為的是讓癩蛤蟆開一場音樂會。麻雀，魚兒，小燕子都是癩蛤蟆的聽眾，蛇是伴奏的，雨也是伴奏的，它們馬上就要來了。麻雀出門晚了，他是怕錯過精彩的音樂會才如此著急。」

多麼富有童話色彩的話，米蘭聽得入了神，臉上微微浮現出兩片紅暈。片刻，天真的她們說：「那麼，我們能去聽癩蛤蟆的音樂會嘛？」語氣中稍有些激動。

含羞草不緊不慢的吐出兩個字：「不能！」

「為什麼？」疑問。

「我們沒有入場券，所以不能去。」

「那怎麼能得到入場券呢？」米蘭非得刨根問底。

「勇敢地開心地活著……」含羞草話中有話。

天真無邪的米蘭是多麼想去聽癩蛤蟆的音樂會啊！她們現在滿腦子都是入場券：入場券會是什麼形狀的呢？星形？月形？還是方形的呢？會是什麼顏色的呢？天藍色？綠褐色？還是棗紅色的呢？……猜不出來啊！

嗯，只要真正得到了就可知道了！對，那就要勇敢地開心地活著！米蘭在心裡想，她們發誓一定要做到。

「轟……」豆子般大的雨點準時報導伴奏，天空中電閃雷鳴，但米蘭不怕了，她們要勇敢地開心地活著，才能得到入場券，那首先就不要怕烏雲為了癩蛤蟆的音樂會變走太陽，變來黑天和大雨，否則就不能得到入場券。一道閃電劃過天空，含羞草清楚地看到，米蘭在大雨中露出了燦爛的笑容……

（十）

雨在凌晨五點左右停了下來。貪睡的人還在夢裡遨遊探險，勤勞的人已經點燃油燈，穿衣勞作了，果農也是勤勞行列中的一位。

過了不知多久，天已經悄悄地亮了，愛玩躲貓貓的老頑童太陽公公又露出了笑臉，陽光催醒了所有的太陽花，她們起了個大早。大雨後，空氣都清新了，還隱隱夾帶著花香和果香，沁人心脾。蜜蜂和蝴蝶也把握這空氣清新的時候來到花園采花粉。天很藍，一場大雨後，天就像接受了洗禮，變得像淡藍色的勿忘我一般。花很艷，不管是花園裡的花還是路旁的野菊花，都飽受了滋潤，變得鮮艷明麗。路很滑，三個人經過小路時，險些滑倒。

這一批人，身穿西裝，手持雪茄，見識豐富。知識面廣的太陽花，一看就看出他們是城市裡的富人。

他們走到正在種白菜的果農身前，果農擡頭和他們交談了幾句，立馬面露喜色，做「請」的手勢歡迎三個富人進瓦房，片刻後，果農又笑著，把三個富人送出來，其中一位富人在出來時，遞給了果農大把的鈔票，果農也是笑著接受的。富人開著黑色的名車走後，果農搓著手，數著鈔票，進了屋。

這可引起了太陽花的懷疑。城市裡的人怎麼會來找果農呢？還是幾個富人呢！太陽花叫喊著吵醒了還在沉睡的其他花兒，和她們你一言，我一語地議論起來。

正當她們滿腹疑問的時候，黑子快跑到花園來，喘著粗氣大喊道：「世界爆炸性新聞！」……

（十一）

「世界爆炸性新聞！」黑子神色慌張地來到花園，他靈敏地跳上花園中央用於放置花種的案板，大喊道。

這話不說不要緊，一說出口，一向有‘八卦專刊記者’之稱得太陽花來了興致，她像記者似的‘採訪’黑子，說：「什麼爆炸新聞？」

「就是，來了三個富人，他們呀，可真是有錢呢！抽的煙都是什麼德國進口的高級雪茄，一個個還穿著名牌西……」黑子的毛病又犯了，玫瑰動了動身上鋒利的刺，乾咳了一聲，黑子全身抖了一下，服從地挑重點說：「那三個人講究閒情逸致，喜愛花。他們聽說果農的花好，就要買下花園裡所有的花，當然，不包括整天

像冰一樣冷的含羞草，因為她們是野生的。那三個人啊，真是錢多得沒地方花，他們給了果農很多錢。哎！買花有什麼意思，如果他們把我買去，我就可以享福了。但天不遂狗願啊，老天是……」

「什麼，要買走所有的花！不要，我在這兒生活了這麼久，才捨不得呢！」

「啊！到了那裡，我會懷念現在這種自由快活的日子。我絕不離開！」

「嗯！好，終於可以離開這個窮困的鄉下了！哈哈～」

大家都各自說起來，有的不想離開，有的則高興得手舞足蹈。根本沒人理會黑子在那裡抱怨老天。花園裡的聲音此起彼伏，亂作一團，連一向比較穩重的管理者玫瑰花都不捨地哭起來。米蘭花也因為怕聽不到癩蛤蟆的音樂會，會失去已經成為了好朋友的含羞草而神色黯然，奔拉下了花瓣兒。

「DODODOXI，FAFAFA，DODODORE，LALASO……」

含羞草卻一副無所謂的樣子，還哼著不知名的小曲兒。

其實，她們心裡比誰都難受，她們比誰都不捨：捨不得愛裝淵博知識的太陽花；捨不得滿身利刺的玫瑰花；捨不得用雛菊換來的，天真到一心要好好活著，就會得到癩蛤蟆音樂會入場券的米蘭……她們把這些不

舍埋在心裡，把眼淚忍到肚裡，不想讓人發現她們軟弱的，已經碎掉的心⋯⋯

（十二）

該來的還是來了。和風細雨的日子，富人們差遣的二十幾個農夫工人，在滿臉堆笑的果農的指揮下，一點都不偷懶，不斷喊著「嘿喲嘿喲」的口號，邊聊天邊幹起活來。他們拿著鋤頭小心翼翼，一點一點地把花兒們從土裡挖出來，又獨自安置到一個個藍底白紋或紅花綠葉的盆中。花兒們有的哭泣著，有的微笑著，含羞草縮在牆角一動不動，望著和自己相處了這麼久的花朋友們朝著榮華富麗卻又寂寞拘束的日子走去，眼睛裡滿是惋惜的感情。黑子也沮喪地蹲在含羞草的一邊，看著往日自高自大的花兒和愛沉默的米蘭被放到空間窄小的花盆中，一盆一盆地被抱到白色的空棚小型貨車上。伴著貨車引擎發動的聲音，風塵飛揚起演繹出的舞蹈，真真切切的，花兒們走了。黑子也隨著果農回了屋。花園裡只剩下含羞草了。沒有了平時的歡聲笑語，屬聲爭吵，留下的除了寂靜，還是寂靜。

過了幾日，果農背著一大包背囊，提著兩桶一邊發出尖利的雞聲，一邊發出沙啞的鴨聲的箱子，精神抖擻地走出瓦房。黑子自然跟隨在身旁，他站立著四下望望，看到花園時，他小步地踏了進來，走到含羞草面前，說：「再見，含羞草。果農這次發了財，要搬家了，

我也得走，再見了！」黑子說完就沿著小路回到瓦房門前。含羞草不語，直直地望著黑子遠去的身影。瓦房門前，果農輕輕拍拍他的頭，交代他不要亂跑，緊跟在他身後。便提著箱子，背著背囊，笑嘻嘻離開這個破舊的瓦房，曾經的花園。

這下，黑子也走了，真的只剩下含羞草了。她們愁著臉，望望四周，空空如也。她們沒有哭，沒有笑，沒有任何表情，自言自語道：「一切都會變的。」話中沒有任何音調變換，吹來的西北風把聲音拖長了，變小了，也把聲音越傳越遠。「這裡真的只剩下我們了……」

寫於 2009 年 1 月，小學六年級

多夢森林裡的故事

（一）幫雨塘命名的女孩

多夢森林曾經因為一個夢池熱鬧過幾百年，幾百年前傳說只要喝了夢池裡的夢水，晚上就可以做出甜甜的美美的夢。

因此，在當時夢池倍受大家的關注，可是就在一年前夢池裡的夢水突然奇跡般的蒸發。

夢池乾枯後，來夢池的人明顯減少了。多夢森林也被大家遺忘了。

乾枯的夢池旁邊有一窩雜草，雜草的後面有一個小得不能再小，淺得不能再淺的雨塘。

伐木工人駕駛著機械來森林時，凹陷出了一個土窪，雨點滴進土窪，變成這個雨塘。

雨塘被命名為多禾，是一個叫黎莉的女孩取的。

黎莉七歲，是森林現在唯一還會來森林玩的人。她的夥伴們愛到多夢森林後面熱鬧的空地烤燒烤吃，可黎莉和夥伴們不同，她喜歡安靜，森林也因為黎莉的到來添加了一道別致的色彩。

黎莉最喜歡森林裡的髒乎乎，泥窪窪的雨塘，雨塘旁邊有幾株長長的蘆薈，黎莉愛蹲在蘆薈邊上聆聽露珠滴進雨塘的聲音，她說那是她聽過的世上最美妙的音樂。

雨塘裡有一家子青蛙，黎莉喜歡它們，它們也喜歡黎莉。

黎莉天天都會來森林裡和青蛙一起玩。

黎莉並非野娃娃，她有一個她自認為美滿的家庭。

她家裡不富裕，父親是擺地攤賣東西的小商販，母親去有錢人家做幫傭。

黎莉便和有錢人家的小姐成了朋友，與其說是朋友，不如說是幫她們拎東西，帶她們到處玩，給她們背黑鍋的出氣筒。每當黎莉被幾個嬌小姐出氣給打得遍體鱗傷的時候，母親也只能抱著黎莉痛哭，抱怨幾句罷了。

黎莉不在大家面前哭，大家從未看見她掉過一滴眼淚。因為黎莉不開心的時候想著開心的事或去雨塘玩，這會讓她忘記哭泣。那些刁蠻任性的嬌小姐便找理由說她是冷血無情，她任她們說乾嘴皮，也不會管，還是自己玩自己的。

雨塘裡青蛙一家每次在她回去的時候都會送她一些小禮物：有時是一束芳香的鮮花，有時是一盤可口的野果，有時是一些奇異的石子……黎莉喜歡青蛙，她常常對它們說：「從你們身上我能感受到快樂！」即便它們聽不懂……

（二）蒲爺爺的故事秘密博物館

多禾雨塘的左面有一棵高大茂密的松樹，松樹的半腰有個充滿歡笑和快樂的樹洞，樹洞大而深，樹洞裡有一個小巧而精緻的故事秘密博物館，一隻見多識廣，年邁但精神的老貓頭鷹打點著博物館的一切。

那只老貓頭鷹七十六歲，是前些年從別的森林搬來這兒生活的，他姓蒲，對人十分和善，經常幫助別人，這個「外來客」，很快就贏得了大家的喜愛，大家都親切地喚他為蒲爺爺。

蒲爺爺愛笑，愛講故事，愛和小孩做遊戲，愛傾聽別人的秘密與煩惱，他的笑很天真，像小孩子；他的故事有輕鬆的，也有驚險的，生動有趣；他絕不會洩露別人的秘密，但會認真開導和排解別人的煩惱，當你從博物館裡出來，一切煩惱和不開心的事都一掃而空，腦子裡只有好事情在「暢遊」著。

蒲爺爺的博物館裡有許多形態各異的玻璃透明罐子，罐子是空的，口子用可以吸水的木塊棉塞著，木塊棉上寫著一些字，可罐子裡面卻什麼也沒有，就立在褐色的古老的木擔架子上。大家對這些罐子很好奇，來者都愛瞧一瞧，摸一摸。

「每個罐子裡都有一個我年輕時候的故事。」蒲爺爺這樣說，他講故事的時候也會拿個木塊棉上寫著的字同他故事名相同的罐子抱在懷裡，每當這時，一個個精

彩的故事就浮現在蒲爺爺的腦海裡，通過他的嘴生動地講出來了。

　　蒲爺爺的手工和刻畫堪稱森林裡的一流，他會做許多小玩意兒，譬如：用柔軟的樹條做的像天空中閃耀的小星星；用黏糊的泥巴捏的像人的小娃娃；用零散的花瓣拼的天使頭上的光環；用晶瑩的露珠串的像珍珠的項鍊……這些東西都放在博物館的儲藏室裡，可惹小動物們喜歡了，蒲爺爺說乖的小孩才能得到，於是，想得到手工藝品的小動物都變得聽話起來，蒲爺爺還會在木板上刻畫出許多動物和昆蟲，並配上講說和自己對它們的一些見解，還會讓孩子自己想像，木板上刻的東西就栩栩如生地呈現在大家眼前了。

　　蒲爺爺是帶給森林歡笑的人，當時森林裡的動物們，因為夢池的水乾枯了而成天哭喪著臉，一點笑聲一點快樂也沒有，如果不是蒲爺爺，大家對笑都完全沒有概念了。

　　蒲爺爺的博物館充滿輕鬆，充滿精彩，充滿童真，是歡快的殿堂，他常常對孩子們說：「笑是會傳染的！」這話一點兒都不假……

（三）姐姐的十萬個為什麼

　　「蒲爺爺今天講的故事是：以前的他不喜歡飛翔，不喜歡外出，因為他覺得擺動翅膀太累了，所以在親人教他飛翔的時候就不夠認真，帶他出去玩，他也不肯，

大家都拿他沒辦法。有一次，他的親人都出去覓食了，他獨自一人坐在巢裡，玩著雙手互相猜拳的遊戲，一隻饑餓的豹子知道蒲爺爺不喜歡飛翔，討厭外出的習慣，抓住他獨自一人在家的時機爬上樹，跳到了巢裡，把蒲爺爺嚇得直冒冷汗，豹子一步步地把蒲爺爺往後逼，蒲爺爺沒辦法只好揮動了翅膀，飛了起來，他那時幾乎把吃奶的力氣都用上了，才擺脫了那隻饑餓兇狠的豹子。蒲爺爺飛上了藍天，他看到了許多雲彩和鳥，大家都親切地與他打招呼，為他能獨自外出而高興。蒲爺爺這才發現原來世界是那麼大，那麼美，擁有可以飛翔的本領是那樣的好，他忘記了剛剛經歷的危險，只希望能飛得再高些⋯⋯」咕咕（多禾雨塘青蛙孩子中的老麼，弟弟）趴在泛黃枯卷的荷葉上，神情陶醉的給忙得沒時間去聽故事的爸爸媽媽複述著蒲爺爺的故事。

青蛙一家都是蒲爺爺的故事愛好者，大家如癡如醉地一遍遍聽著咕咕的複述，以乒乓爸爸（多禾雨塘的青蛙爸爸）的話來說那就是，百聽不厭！

「爸爸，蒲爺爺的故事中還有許多兇猛的野獸，譬如：狡猾的狐狸，兇狠的獅子，兇惡的狼，有毒的蛇⋯⋯可是為什麼我們森林裡沒有這些野獸呢？」號稱十萬個為什麼的侖侖（多禾雨塘青蛙孩子中的老二，姐姐）發話了，她用疑惑的眼神目不轉睛地望著乒乓爸爸。

「這個⋯⋯已經是很久的事了，爸爸是小的時候從爺爺（達達，多禾雨塘的青蛙爺爺）那兒聽說來的：以

前，多夢森林有個夢池，喝了裡面的水就可以做出好夢來，所以有許多人都好奇地來多夢森林，這是你們都知道的，於是，狡猾的獵人趁著這機會喬裝打扮成來夢池的平民，偽裝了他們要來打獵的事實，後來像獅子這種高大兇猛的動物幾乎都成了獵人的「靶子」，一頭頭野獸都變成了獵人的囊中之物，剩下的野獸這可嘗到了厲害，都陸續搬走了。」乒乓爸爸使勁搜刮腦海裡的往事，這才想起了，向侖侖解釋道。

「那為什麼我們不搬走呢？」侖侖聽完爸爸的解釋，一個問題又新鮮出爐了。

「因為……因為可怕的野獸都走了，我們還怕什麼呀！是不是？」侖侖爸爸有些語無倫次了。

「即便野獸走了，還有可恨的獵人啊！」侖侖對乒乓爸爸的回答並不滿意，她不甘心似地反駁道

「這我就不清楚了，反正現在夢池的水已經乾枯了，只有黎莉會來我們森林了，我們不怕了，是不是？嘿嘿，嘿嘿……回家囉！」乒乓爸爸已經被侖侖滔滔不絕的問題搞得暈頭轉向，宣佈著回家的命令。

大家正準備離開，一隻燕子飛過荷葉，她看到青蛙媽媽（啼啼，多禾雨塘的青蛙媽媽）轉過身，朝啼啼叫道：「青蛙啼啼，你們，還沒回家啊？冬天要到了，你們儲備好糧食了嗎？」

「是呀，都怪乒乒，連女兒的幾個問題都回答不上來，糧食我們已經儲備好了，你又要去南方啊，每年一來一往的多累啊！」啼啼向燕子說。

「累還是累，不過也沒辦法，好了，不和你說了，我先走了！春天見！」

「春天見！」大家互相打了招呼後，燕子和結群的朋友齊飛走了。

「怎麼都怪我啊？不是俞俞的這麼多問題嗎？我不信難道你就答得上來了。」乒乒爸爸對啼啼媽媽說。

「難道問問題不好嗎？蒲爺爺說的不懂就要問啊！為什麼每年都有冬天啊？為什麼冬天的時候燕子就要飛走啊？為什麼冬天的時候要儲備糧食？為什麼冬天的時候我們要冬眠？我不喜歡，每年冬天的時候我都不能和朋友一起玩了！都不能聽蒲爺爺的故事了！我不喜歡冬天！爸爸你回答我呀！」俞俞的問題又冒出來了，一個個朝乒乒爸爸發射著。

乒乒爸爸也不甘示弱：「問問題好啊，蒲爺爺說得對，冬天是四季的變化呀！冬天外面就很冷了，所以燕子要飛去溫暖的南方，冬天很冷燕子要去別的地方我們無法去，所以就只能冬眠啊！別……」乒乒爸爸剛想叫俞俞停止提問，可俞俞的問題又向他發炮了。

「什麼是四季的變化啊？爸爸！冬天為什麼不能像夏天、春天、秋天一樣暖和？」

「我投降了！回家！！！」乒乓爸爸舉白旗投降了，飛快地跳回了多禾雨塘裡。

「嘿嘿！每次爸爸都是這樣的結局！俞俞的問題真多，只有蒲爺爺能一一解答！說她是十萬個為什麼真不假。」塗塗（多禾雨塘青蛙孩子中的老大，哥哥）小聲地對弟弟咕咕說，咕咕也點點頭。不料這話被俞俞聽到了，俞俞把炮口轉向了塗塗。

「為什麼呀？為什麼只有蒲爺爺能解答我的問題？你們都是笨蛋嗎？哥哥你笑什麼笑啊？爸爸都說問問題好，你們湊什麼熱鬧啊？難道你喜歡冬天嗎？你不想再聽蒲爺爺的故事了嗎？你不想和你的夥伴一起玩了嗎？你知不知道，你們很煩耶，就喜歡說我，怎麼不檢討檢討自己呢？」

「快回家！危險來了！」塗塗「見勢不妙」，立馬給大家下了最後的緊急通知，大家為了避免俞俞的問題炮彈，都一蹦一跳地回到了多禾雨塘，找乒乓爸爸去了。

荷葉上只剩下俞俞了，她也跳著回家，邊跳邊說：「你們怎麼和爸爸一個樣啊？別逃跑，你們還沒回答完我的問題呢……媽媽，怎麼連你也和他們一樣啊？」俞俞一遍遍地喊著，即使已經回到了家……

（四）多夢森林的冬天

又一年冬天到了，多夢森林的一切又重複地變化了。

多夢森林的冬天是白色的，不像人類的冬天是五彩的，冬天到了，寒流也來了，鵝毛般的大雪漫天飛舞，整個世界穿上了白色的外衣，把多夢森林都渲染成了純潔的白色：雪白的樹頂，白皚皚的地面……這一片彷彿用白漆塗的白茫茫的景象便是雪花每年最得意的傑作，雪花可喜歡多夢森林了，每年冬天它都會回來看望多夢森林，帶給它這樣的一番美麗圖景。

　　多夢森林的冬天是安靜的，不像人類的冬天是熱鬧的，大家還可以在街上碰面，打打招呼，動物冬眠了，鮮花凋零了，樹葉掉光了，樹木光禿了，小鳥飛遠了……冬天，森林不再像平常，林間道路上沒有任何生物，大家一起玩，一起跳，一起聽故事，一起討論的情景不見了，取代它的是死寂的森林，多夢森林在冬天沉沉地睡著了。

　　水結冰了，多禾雨塘也一樣，冰是白色的，透明的，滑滑的，涼涼的，冰上不時會出現一些大小不一的冰窟窿，從冰窟窿裡往下望去，還可以看見一些小魚兒像以前一樣活潑地遊動著，冰窟窿裡的水寒冷刺骨，足以把不小心掉下去的其他生物凍死，冰上可以滑，就像人類的滑冰遊戲一樣，冬天也可以游泳，這算是一項勇者的遊戲，叫冬泳。可雨塘的冰就不能滑，它太小太淺了，薄薄的，似乎一踩就會碎。

　　樹葉掉完了，一望無際的樹木枝幹上，光禿禿的，綠色的樹葉變黃了，變卷了，變幹了，隨著風雪慢慢地

飄落在了樹根旁。失去了這些保護，樹葉、樹枝都顫抖起來：它們冷了，它們要抗議了！這就像人類失去了溫暖的外衣一般。落葉隨著時間的流逝，慢慢腐蝕，最後只剩下樹莖的輪廓了，腐蝕的東西一點點將自己「埋葬」到了樹根，成了「孕育」下一代樹葉的最好肥料。

冬天它沒有春天的鳥語花香，沒有夏天的綠樹青山，也沒有秋天的累累果實，但它卻默默無聞地把森林打扮成了一片潔白的世界！

多夢森林裡的動物們並不懼怕冬天，彷彿它們也明白雪萊的詩句「冬天來了，春天還會遠嗎？」似的……

（五）春姑娘

聽！一首輕快悅耳的春之交響曲打破了冬的沉靜，春姑娘用優美的舞姿，造就了生機勃勃、萬紫千紅的多夢森林世界。

春姑娘拿出綠色的紗巾，輕輕一揮手，地上、樹上都變回了綠色。新一代小草從地面上悄悄地探出了頭，驚訝地望著這一片新的世界，頓時傻了眼，春姑娘看到了，贈與它綠油油的外衣，當作禮物。一場春雨後，枝葉上、花瓣上，掛滿了雨珠，在一縷陽光的照耀下，顯得如此明亮顯眼，不亞於璀璨名貴的珍珠。花開了，特別是淡雅的迎春花，它並不像夏天開的花那樣濃妝艷抹，也不像秋天開的花那樣蕭條，更不像冬天開的那樣

凜冽。可給別人一種清新的味道，似乎能洋溢在大城小巷，讓大家覺得春意爛漫，自在悠閒。

瞧！一群群結伴飛往南方的燕子回來了，冬眠的動物也出來了，大家都熱烈地談著冬天過的沉靜日子，還有眼前春天的美麗景象。

冬天後，燕子們原本的鳥巢被大雪破壞了，他們只能重新建造新的巢，一根根被大雪壓下斷落在地上的小枝條，一團團失去了生機片片堆在地上的雜草，一些剛被春雨滋潤的泥團，全都成了燕子們建造新巢的主要材料。貪吃的松鼠們舒展開眼睛，一股腦地從樹洞裡跳了出來，松果成了他們主要的襲擊目標，他們口水滴答地望著樹枝上的松果，迫不及待地一把把抓回了家，俗話說，先下手為強，後下手遭殃，得到松果的，得意地笑笑，在屋裡享受著美味的松果，「嘎巴嘎巴」的聲音不斷傳了出來，配著春雨的沙沙聲，露珠的滴答聲，這就是一場免費的大自然音樂會；沒得到的，懊喪地看著松果被一掃而空的樹，沮喪地回到了家。

看！結成的冰漸漸融化，變為了清澈的水。

「春江水暖鴨先知」，解凍的小河成了不知從哪兒來的小鴨子們追逐嬉戲的樂園，多禾雨塘又變回了青蛙一家子的住處，小溪歡快地流淌著，小魚在水裡悠遊著。

春姑娘舒緩了腳步，那一株株新冒出的小草是她的腳步，那一朵朵新綻放的鮮花見證了她的偉大魔力，那一片復蘇的大地成為她的驕傲！

（六）迷路的老頭

「呱呱呱……」不等森林裡的動物們都起床，多禾雨塘三個頑皮的青蛙小孩們就迫不及待在晨霧和露珠這件迷蒙的外衣籠罩下，開始了自己的歌唱比賽。

「噠噠噠……」一雙木鞋踏在清晨還未被滋潤的硬土上，發出這像「踢踏舞」中一般的聲音，「是誰？」三位青蛙歌唱家們的演唱被打斷了，他們都這樣想著，嘎然停止了演唱比賽。

木鞋聲逼近，一道金黃色的光芒伴著一個高大的人影停在雨塘前，人影蹲下了身子，看著小青蛙，歌唱家們仔細一看，是一個老頭：老頭白花花的頭頂上有一個尖尖的帽子，帽子好像長了點，頂部直直的彎了下來，帽子的背景色是紫色，上面有一顆顆小小的金色的星星；老頭手持一個細細的小木棒子，木棒子的頂端有一個像南瓜燈的東西在發光發亮；老頭的臉很髒，活像一個大花貓，臉上的笑容表露出一種親切；他身著一件長得直到腳，看不到鞋的紫藍相間的大風衣，沒等侖侖問他「為什麼在這兒出現」，他的話匣子先打開了：「請問，多夢森林在哪兒？」

三隻小青蛙當然聽不懂對他們來說的——老頭的「火星話」，你望望我，我望望你，然後集體的聳了聳肩，表示「聽不懂」，老頭竟然理解成「你走錯了」。

他鞠了個躬，說：「抱歉，打擾了！」說完，徑直向後面的燒烤空地走去。

俞俞不明白了：「他幹嗎啊？」「不知道！」塗塗回答：「不管了，不管了，我們繼續唱歌吧！」弟弟咕咕早已等不及了，說。緊接著，隨著一股股野葡萄的芳香，比賽開始了。

正比得激烈，剛剛到歌曲的高潮，一句小青蛙眼中的「火星話」又來了，再一次地打斷了三位「明星」的演唱：「多夢森林，我來了。多虧了燒烤空地的人們啊！」

「又是那老頭！」俞俞有些不開心，插起了手，「呱呱呱」不滿地叫起來，老頭被引來了雨塘前，他很奇怪，說：「咦？我們怎麼又見面哪？你們說過這不是多夢森林，那，不就是我又走錯了？」

「你說什麼啊，我可聽不懂，我只想告訴你：我們在唱歌，你怎能兩次打斷這麼美妙的演唱？你到底是誰啊？你來幹什麼？你要去哪兒？」俞俞氣得跳上了岸，一個個問題冒了出來。

可老頭並聽不懂，問題攻擊對他失敗了，在他耳裡，俞俞的問題不過就是一個個的呱呱聲而已。他以為，俞俞是因為他又來打擾了他們而不滿，再次回答他這不是多夢森林。

俞俞見老頭不說話，她大著膽指著老頭說：「你倒是說話啊？你以為不說話就可逃避問題嗎」

俞俞指著老頭，警告他說話，老頭的理解能力太差了，他望望後面，指著說：「你是說，去多夢森林往後面走啊？喔，謝謝了啊！拜拜了。」

老頭朝後面走去，他激動地舉起手，揮起棒，一聲聲大叫：「啊哈！多夢森林就在眼前吶！我可以回家羅！」

淦淦問岸上看著老頭去向的俞俞：「他在搞什麼鬼啊？」「不知道！」

咕咕也問岸上看著老頭去向的俞俞：「他會再回來的嗎？」「也許！」

俞俞轉過身問他們倆：「他是不是個超級路癡？」「嗯！」大家集體點點頭……

（七）森林魔法守護師

多夢森林平靜地過了一個月，多禾雨塘邊的髒兮兮的泥土裡插滿了黎莉送來的：糖果、餅乾、巧克力。這是黎莉回贈青蛙們的禮物，青蛙並不吃這些東西，但他們覺得這些東西的包裝很好看，便把它插在了泥土裡當成了雕塑，喜歡趴在岸邊上，靜靜地望著。

這天中午，黎莉剛和青蛙們玩完，她放下今天帶來的禮物——百合假花，假花上面還有一些用塑膠做成的露珠，插在了巧克力旁邊，在陽光的照耀下，「露珠」顯得閃閃發光，假花做得栩栩如生。

黎莉插好百合假花就準備回家吃午飯了，青蛙們喜歡黎莉和她的禮物，呱呱呱地叫著，送別著黎莉，黎莉心情特別好，她輕輕微笑著走到了多夢森林被蔥蔥鬱鬱的樹木圍著的入口，她停在入口處轉了個圈，不料撞到了一個正要進來的老頭。

　　「對不起，對不起，我不是有意的！」黎莉著急極了，不停地道歉，她怕這老頭脾氣暴躁，會像那幾個野蠻小姐一樣罵她，打她。

　　「沒關係的，小朋友！」老頭並不責怪黎莉，他擺擺手，接著說：「小朋友，你知道多夢森林怎麼走嗎？」老頭擡起頭，問道。

　　這老頭不就是說「火星話」的老頭麼？還沒找到多夢森林啊？天呀！看他的臉，真像非洲黑人，

　　「啊？」黎莉神情驚愕：「老爺爺，我聽不懂你說什麼，不好意思，你是要找什麼地方嗎？外面有一個鐵碑路標，你去看看吧！」黎莉朝外面指指。

　　老頭退了出去，蹲下來，拿出放大鏡，把鐵碑上的內容從頭到尾看了三遍，終於看懂了「多夢森林」這四個字，他猛地一拍手，叫道：「呀！這不就是多夢森林！小朋友，謝謝你了啊！」老頭拍拍黎莉的肩，一蹦一跳地進了多夢森林。

　　黎莉一個人站在入口，想：這老爺爺是外星人嗎？呵呵，可真可愛啊！

老頭跌跌撞撞不知摔了多少跤，不知迷了多少路，到了傍晚，他走累了，摔累了，坐在一塊大石頭上休息：「哎！」老頭歎著氣，抹著汗，朝周圍望去，「咦？」他朝自己正對的地方望去，「呀！」的叫了起來，「這不就是那個雨塘嗎？怎麼我又來啦？我明明看到寫的是「多夢森林啊！」

　　老頭無奈地搖搖頭，起身向前走去，在岸上看假花的侖侖看到了老頭，朝兄弟爸媽叫道：「哥哥弟弟，爸爸媽媽，就是這老頭，他怎麼又來啦？

　　「誰啊？」裝著大將之風，天不怕，地不怕的乒乒爸爸從水裡跳了出來，「侖侖你說的是誰？」

　　「努！」侖侖指著老頭，乒乒爸爸順著侖侖的手指尖望去，當看到老頭時，「哇啊啊！」的叫起來，她喊著啼啼媽媽：「啼啼，快來，我們失散多年的森林魔法師回來啦！快來看啊！」

　　「什麼，你是說守護師回來啦？好的，我來了！」在捕蚊子的啼啼聽到乒乒爸爸的叫喊，急匆匆地從雜草裡「蹦」了出來。

　　「是什麼？森林魔法守護師？那是什麼東西啊？」侖侖朝身旁的哥哥塗塗問道，「我怎麼知道！真是奇怪的老頭，奇怪的爸媽！」「嗯嗯嗯！」弟弟咕咕也不住地點頭。

　　三隻小青蛙趴在岸上，看著乒乒爸爸和啼啼媽媽跳到老頭的大手上，聽著他們用火星話交談，接著又當老

頭的導遊帶他巡視了一遍森林，森林裡的動物們（除了三隻小青蛙）都歡呼起來，俞俞們只能做著習慣性的動作：集體聳了聳肩……

（八）路癡守護師

清晨，太陽公公還在睡懶覺，調皮的雲寶寶因為晚上不回去睡覺，反而來逗弄星星娃娃，這不，被月亮婆婆訓斥了吧！煩人的「哇哇」哭了起來，天色暗暗的，飄著小雨點，空氣悶悶的，雨霧彌漫。

奇怪！三隻小青蛙怎麼沒在唱歌，小動物們怎麼有睡覺，大家都在蒲爺爺的博物館裡幹什麼？聽故事嗎？不是！無聊吵鬧嗎？不是！哦！原來，在聽守護師用「火星語」講著「歷史」呢！

「你們還記得嗎？當年我為了去給森林裡的動物找充足的食物，不小心迷了路？哎！這一迷路就迷了個三十幾年啊！還算你們有點良心，沒忘了我！」被大家團團圍住的守護師這樣說道，只見他一會兒擡頭，情緒高昂；一會兒又低頭，不住歎氣。

「咦？不對啊，守護師，我記得你是因為人類的市場在賣一種叫什麼「蔥香餅」的小吃才出了森林，關我們的事物不充足什麼事啊？」乒乒爸爸聽出了守護師「供詞」的不對勁，回憶著當初，用「火星語」說出了真相。

「蔥香餅是什麼啊？」「好吃嗎？」「守護師你幹嘛撒謊啊？」「直說唄？」「呵呵，守護師真好吃！」「是這樣啊！」「我就說嘛！聽著這話怪彆扭的，真不老實！」「像個小孩似的呢！」聽到了守護師的「供詞「和乒乓爸爸說出的真相，大家用」火星語「，紛紛議論起來。

乒乓爸爸說完，看到守護師歪著頭瞥了他一眼，他捂住了嘴，這才意識到麻煩，他想：壞事要降臨啦！他側過頭，對侖侖說：「爸爸的好侖侖耶！你快發射你的「問題原子彈」給守護師，救爸爸一命吧！」

「可是，」侖侖有些惋惜地接著說：「我不會火星話啊！」乒乓爸爸又把「鋒頭」轉向了咕咕和塗塗，他們也連連搖搖手，塗塗說：「我們也不會火星語，力不從心啊！」咕咕說：「無能為力。」乒乓爸爸又裝可憐的望著嘀嘀媽媽，嘀嘀媽媽無奈地搖搖頭：「自己解決！」「無情，全是些無情的傢夥！我自己面對，哼！」乒乓爸爸得不到家人的幫助，冷冷地拋下了這一句話。

「媽媽，爸爸的樣子好可怕，不會出什麼事吧？」侖侖驚慌地跳到嘀嘀媽媽的身邊，問。

「你們大可放心，他這樣子只是想要耍在家裡的威風，一會兒對著守護師，絕對是一副端端正正的模樣了，沒事的！」嘀嘀媽媽瞭解乒乓爸爸，對侖侖說。

不假，嘀嘀媽媽剛說完，乒乓爸爸就開始向守護師求情了：「守護師啊！你看，我是無心說出來的，饒過

我吧!況且,我爺爺又和你是世交,我們都是好朋友,對不對啊?」乒乓爸爸沒辦法,把在天堂上的爺爺都「搬」到面前來了。

「世交?什麼世交啊?哦,對啊,上次比賽,你爺爺吃了「世界無敵大力丸」把我摔成了「脊骨交錯」,是吧?」守護師想起了讓他一生都忘不了的事,自己堂堂一個守護師竟被一隻青蛙給摔傷了。

「這都哪年的陳年舊事了呀?還沒忘啊?」乒乓爸爸說。

「嗯……」守護師扳算手指和腳趾,算著年份,算好了,接著說道:「這也不久,就我迷路的前幾年吧!」

「那也已經……」乒乓爸爸剛要說話,又被守護師打斷了:「你別再說了,小心罪行越說越重,這樣吧!我給你爺爺一個人情,你呢,就每天早上6點報時,一個個挨著叫起床;9點報時一個個挨著叫熄燈,期限:一個月好了,我去練功了!」守護師給乒乓爸爸判定了「罪」,拂袖揚長而去。

「練功?一定很好玩,我們都去看看。」在梅花鹿小姐的帶動下,大家都摸了摸乒乓爸爸,表示安慰與同情,去觀賞守護師練功了。

博物館內只剩下打掃的蒲爺爺,和唉聲歎氣的乒乓爸爸……

（九）準備重修夢池

「呱呱呱……」森林裡一片黑暗，乒乓爸爸有氣無力地爬在雨塘邊，拄著軟木條，不情願地向前走去。自從上次乒乓爸爸「得罪」了守護師，每天一大清早都得借助螢火蟲的螢光，挨家挨戶的叫大家起床；到了螢火蟲回家的晚上只得拿兩根細小的木條，一點點地摸索著，敲響家家戶戶的門叫大家睡覺休息，乒乓爸爸這種「呱呱」的歎息聲大家可聽了不少。

對乒乓爸爸的懲罰一天天的過去了，在還有十天的時候守護師叫松鼠傳話喊乒乓爸爸到他的「橋下小屋」去聚一聚，乒乓爸爸不安心地邊走邊自言自語道：「這守護師又心血來潮有什麼新招要來整我？可得小心點啊！」

來到「橋下小屋」，一陣涼風襲來，乒乓爸爸情不自禁地張大了嘴巴，唧唧咕咕地說：「哇塞！這可真美。」

守護師的「橋下小屋」的確漂亮：上面有橋樑擋著，就像在樹蔭底下，不會被惱人的太陽曬到，「橋下小屋」顧名思義就是在橋樑下修建了一座屋子生活著，可守護師的「橋下小屋」並非如此，橋樑下全是水，隨處可見守護師精心打點的蓮花，左右側都各有一片圓圓的大大的，邊緣向上的蓮葉，上面各自擺放著東西，左側放著休息聊天論茶道的小桌，右邊放著守護師用來練

魔法的魔法地毯。小桌和魔法地毯隔了差不多一座橋的距離，中間除了水就是水，但水上生長的蓮花把左右側連接了起來，頭頂不見烈焰的太陽，悶人的空氣也轉換成了帶著蓮子清香的涼風，可真是愜意。

看著這派景象，乓乓爸爸把先前的害怕都拋到了腦後，嘻嘻哈哈地望著四周，在守護師的陪同下，在左側小桌邊的蓮蓬椅上趴著了。

「乓乓，你還記不記得你的懲罰還剩十天？」守護師帶著探問的語氣向笑嘻嘻的乓乓爸爸說道。

聽到這話，他回過神來，先前的顧慮在腦海裡又浮現了出來，毫不遲延地答道：「記得，你要加日期對吧？隨你便，誰叫你是森林的主宰呢！」嘴上這麼說，可心裡卻想：「千萬不要，萬萬不可啊！」

「別怕，不是要加日期，」聽了一半，乓乓爸爸的心情舒坦了，提到嗓子眼的石頭也落下了。

守護師接著道：「夢池是不是乾枯了？我想重修它，可需要一個導遊，我特意聘請你來當我的導遊，還剩的十天懲罰就免了，另外，重修成功後還有禮物噢！考慮一下吧！」守護師把乓乓爸爸捧在手心上，乓乓爸爸被守護師的好處弄得「暈頭轉向」，腦海裡猜測著守護師的犒勞禮物，是一塊勳章？是一倉食物？是一包蓮子？還是一張夢水先得特權證？……

種種猜想在乓乓爸爸的腦子裡打架，充滿著誘惑，不等守護師多言，乓乓爸爸一點頭立馬就答應了……

（十）夢池修復（1）

「守護師要修復夢池了，守護師要修復夢池了！」大家通過八卦的小梅花鹿「躍躍」知道了這個無不讓人驚喜的好消息，不出十分鐘，一傳十，十傳百，整個森林裡的動物都知道了，大家都高興得像個小孩子一樣手舞足蹈。「多夢森林將被大家記起，並重新重視，太好了，真是個令人振奮的好消息！」大家在心裡都這樣想著，共同分享著喜悅。

大家尾隨守護師的身後，在乒乓爸爸的帶領下，來到早已乾涸荒廢，沒有一絲生機的夢池。

「守護師，這就是夢池了。」乒乓爸爸停下腳步，眼睛直視著曾經美麗的夢池，大家齊望著「夢池」留下的乾乾的黃黃的坑，眼裡不禁露出了一些惋惜的淚水。

「自從夢池乾涸後，來我們森林的人也漸漸少了，到了最後只剩下一位名叫黎莉的女孩來森林了。」乒乓爸爸繼續解說。

「黎莉」，守護師搜刮腦海裡的記憶，他想到了在森林口遇到的那個女孩：「噢！我想起來了，就是那個紮著兩個小辮子，提著一個木籃子，穿著一條粉色白底藍紋裙的小女孩？嘿嘿，如果不是她上次叫我去看鐵碑的話，我還沒這麼早回到森林呢！」守護師不住地拍著手，又接著道：「我一看就知道那是個好女孩耶！」

「守護師你也認識啊？我們還是言歸正傳吧！」乒乓爸爸看著守護師那過分誇張的高興模樣說。

「咳咳咳……」守護師故意咳嗽了幾聲：「那就言歸正傳吧！那，誰有關於夢池以前的一些資料？」

「沒有。」「怎麼會有呢！」「你有嗎？」「我可沒。」「都應該沒有吧！」「都是這麼久的事了。」大家你望望我，我望望你，七嘴八舌地議論起來，答案都是「沒有」。

「我的博物館裡可能會有些關於夢池的資料。」一個蒼老的聲音從後面傳來，大家都轉身看了過去，原來是蒲爺爺啊！

「蒲爺爺，蒲爺爺，我們好久都沒聽你的故事了，明天要講給我們聽啊！」看到蒲爺爺，小動物們都一起擁了上去。

「蒲爺爺不是前些年才來嗎？」「我們都沒有，他怎麼會有啊？」「人家蒲爺爺見多識廣。」「不會是說大話吧？」「可別拿我們的夢池開這種玩笑！」「玩笑話？」「我相信蒲爺爺！」「我們自個沒有，不代表別人就沒有啊！」「太好了！我還以為沒希望了呢！」「我最喜歡蒲爺爺了！」

大家聽到原本不是森林成員的蒲爺爺的話，有些驚奇，但更多的是欣喜。

「嘿嘿，好的，明天我有空會給你們講故事的，來者不拒啊！我就怕你們看不起我不來了呢！嘿嘿……」

蒲爺爺揮了揮翅膀，把小動物都攬了進去，對他們親切地說，又向著對他半信半疑的動物說：「我不是開玩笑的，我是說真的！」

「他是誰？」三十幾年沒回森林的守護師，當然不會認識蒲爺爺，他朝乒乓爸爸問道。

「他是前些年搬來的蒲爺爺，有一個博物館，他有許多年輕時的回憶，繪聲繪色地講給了我們聽，我們都喜歡他，他可見多識廣了，知道好多別人都不知道的事情！」乒乓爸爸給守護師解釋。

「噢！」守護師明白了，他又對蒲爺爺說：「明天你把你的資料帶來吧！這對我們會有很大的幫助的，先謝謝你了！還有，你見多識廣，可以幫助我們一起修復夢池嗎？」

「我早就融入到多夢森林這一大家子了，多夢森林的事都是我的事，你讓我做什麼都沒有問題，你放心，資料我馬上就回去找，明天清晨一定給你送去！」蒲爺爺笑笑說。

「那好！大家都散了吧！回去囉！」守護師宣佈「回家消息」，大家便都遵守「命令」，回了家，小動物們也戀戀不捨地離開敬愛的蒲爺爺和他溫暖的翅膀，道了別後，隨著父母慢慢回去了……

（十一）夢池修復（2）

蒲爺爺博物館裡的大燈小燈（其實就是蠟燭），從深夜到現在六點都一直亮著，翻箱倒櫃和蒲爺爺的自言自語聲不停地從博物館生銹的鐵絲窗口傳出來。

「咚砰砰，咚砰砰……」

「咦？真是奇怪，前天我才看見了那本冊子的，我還把它放在……放在哪兒了？哎呀！想不起來了，這可怎麼是好？」蒲爺爺揮動翅膀，拍走了身上的灰塵和羽毛上攬上的蜘蛛網。

「哎！畢竟老了，不中用了，記性也衰退了，每天都頂著個高度遠視眼鏡，」蒲爺爺找累了，飛到了木桌上，繼續言道：「想當年啊，我記一樣東西三天都不會忘耶，我的記性可……」一個硬邦邦的東西在蒲爺爺腳下，讓他覺得不舒服，「什麼呀？」他跳到一邊，把藏在燈柱下一個薄薄的小冊子抽了出來。

蒲爺爺拿起胸前的眼鏡，安放在鼻子上，湊上前去，念道：「『多夢森林消失的夢水』，這個是……」蒲爺爺拍拍頭，隔了一會，突然叫了起來：「啊哈！我找到了，就是這個了！就是這個冊子了！」蒲爺爺興奮得一會跳到這邊，一會跳到那邊，看那樣子，甭提有多高興了。

「我得快點把資料給守護師才好！」蒲爺爺在心裡想，他背上了年少時父母給他用破布料子做的，陪伴了

他三十年的，曾經得來的所有資料都放在裡面過的包，
輕輕把冊子放了進去，帶好眼鏡，整裝出發，熄了燃得
正旺的博物館裡所有的蠟燭，鎖好門後，站在樹枝上像
孩子一般叫道：「沖啊！」

　　接著直直飛了出去，以最快的速度來到了守護師的
「橋下小屋」，飛翔時，兒時的情景清晰地浮現在了眼
前，父母慈祥的笑，偶爾的吵鬧，和兄弟姐妹一起的嬉
戲還有頑皮的惡作劇……一向樂觀的蒲爺爺哭了，在多
夢森林第一次哭了，蒲爺爺擦擦臉頰上的熱淚，對自己
一遍又一遍地說著一句勉勵自己的話：「都過去了，加
油啊！蒲妙你是最棒的！」

　　資料很快就送到了守護師的手上，蒲爺爺和守護師
一起研究了好久才把冊子的內容給弄懂了，守護師高興
地說：「太好了，修復夢池的方法就在上面，今天我們
一起去通知大家吧！你看怎麼樣？」

　　「守護師，不好意思，今天我答應了要給孩子們講
故事的，我不能食言啊！你看明天再通知怎麼樣？」蒲
爺爺禮貌地拒絕了。

　　「好的，你說多久就多久，太感謝你了！夢池如果
能修好，你就是最大的功臣。」守護師依了蒲爺爺，他
們相互告了別後，蒲爺爺飛走了。

　　蒲爺爺一路飛飛，停停，路邊一朵花，池中一滴
水，地上一片葉，樹上一些果……全都勾起了自己埋
藏在心裡不想再去想的從小到大的回憶，晶瑩剔透的液

體一次又一次地從臉上滑落。當回到了博物館時，已經十二點多鐘了。

「蒲爺爺，蒲爺爺！」「你可回來了！」「我們等你好久了呢！」「蒲爺爺你看起來怎麼哭了？」「蒲爺爺你去哪兒了？」「我們可想您了！」在博物館等候的小動物搶著擁了上來。

「我不是去給守護師送資料了嗎？」蒲爺爺抹抹泛紅的眼睛，露出笑臉，「你們見過蒲爺爺我哭嗎？嘿嘿，等久了吧，來，我們進去了！」蒲爺爺打開大門，小動物們都規規矩矩地進去了。

「蒲爺爺，今天講什麼故事呀？」好奇問題多的俞俞忍不住問道。

蒲爺爺緩緩地走到了木櫃前去，木櫃上放著令大家都好奇的透明木罐子，從第三行的第二個格子拿出來了一個木罐子，他深情地望著這個木罐子，說：「今天講的故事叫：《兒時惡作劇》。」……

（十二）夢池修復（3）

……蒲爺爺把松果揣在懷裡，和他的哥哥來到廚房，對廚房裡的媽媽說：「今天我們來掌勺。」媽媽很高興，說：「我的兒子都長大咯」接著就出去了。他們倆壞笑著，把撿到的松果一顆顆的包在了麥穀麵粉裡，裹得嚴嚴實實的，看不出一點破綻，拿碗放好後，端了出去……他們八十幾歲的祖祖和爸爸早就餓了，一口咬

了下去，「嘎嘣」幾聲，他們大笑著飛了出去，爸爸在後面追著，不出三分鐘，他們被爸爸逮到了，把他們抓了回去，一頓好打之後，都還覺得不解恨，他們的祖祖還要……

「青蛙一家，出來一下，我是蒲爺爺呀！我有守護師的通知要說。」蒲爺爺蒼老有勁的聲音在雨塘水面上盤旋，青蛙一家都跳了出來。

「蒲爺爺，蒲爺爺，我們在給爸爸媽媽複述你昨天給我們講的故事呢！」塗塗望著低飛的蒲爺爺，往上跳跳，想要撲到蒲爺爺懷裡撒嬌似的，侖侖和咕咕也不甘示弱，使勁地往上蹦，可離蒲爺爺的高度還是太遠了。

「呵呵呵呵……」蒲爺爺笑了笑，「我是來告訴你們：夢池有救了，守護師叫你們去夢池，這個消息我還要趕緊通知其他動物，我要先走了。」時間有限，蒲爺爺著急得頭也不回地走了。

「我還沒和蒲爺爺說上一句話呢！塗塗，都怪你嘛！」侖侖遺憾加生氣的朝塗塗撇撇嘴。

「對，都怪哥哥！」咕咕也朝他做鬼臉，搭腔說道。

「關我什麼事啊？我不是也和蒲爺爺沒說上話嗎？兩個野蠻的小傢夥，我還可以怪你們呢！咕咕，你是和哥哥好，還是和姐姐好？你可別當牆頭草！」塗塗說完，一個眼神把咕咕「電」到了他身邊，又朝生氣的侖侖笑道：「看吧！咕咕跟我好，你呀你……哇！」

不等淦淦說完對她嘲笑的話，俞俞使出自創的武功——「青蛙飛毛腿」，俞俞朝淦淦踢去，飛毛腿雨點一般的落到了淦淦身上，疼得他哇哇大叫，淦淦被俞俞的行為給惹火了，說：「我沒打你，君子動口可不能動手，你這小人！」並使用出自己自製的「水煙霧彈」，他朝俞俞擲出一顆「水煙霧彈」，「水煙霧彈」在俞俞面前落地的時候，「騰」的一聲爆開了，幾滴水濺了出來，直襲俞俞的臉，俞俞反駁淦淦的話，說：「我是女子！」又使出自己的「青蛙蹦跳背襲式」……淦淦使用「軟木條飛鏢」……這樣，他們鬥得不可開交，其餘的人都受不了了，乾脆棄他倆而去。隔了十分鐘，俞俞以自己最拿手的「問題原子彈」取勝了，大戰草草收場。

　　兩人一路白眼相視，來到夢池，大家把夢池圍得水泄不通，目不轉睛地盯著四隻小地鼠，四隻小地鼠以夢池為中心，在不同的方向向下掘，他們的身後堆滿了泥土，不知大家在那裡看了多久，地鼠在那裡挖掘了多久，還是一無所獲。

　　守護師有些不耐煩了，他往右走了幾步，對身邊的蒲爺爺說：「你的冊子上不是說夢池的水是來自一種神奇又神秘的地下溫泉嗎？當年，夢池的水乾枯了，是因為夢池連接地下溫泉的位置出了錯，只要把位置再次接好，就可以了，但是怎麼還沒找到啊！」

　　蒲爺爺並不慌張，他冷靜地說：「守護師，別著急，這才多久啊？船到橋頭自然直嘛！」蒲爺爺把他爸

050

爸以前鼓勵他的話對守護師說了出來，守護師琢磨著這句話的意思，平靜了許多。

一小時過去了，動物們開始站立不安，紛紛小聲吵鬧著，守護師也嘀嘀咕咕地抱怨著，有三隻小地鼠實在找不到所謂夢池和神奇神秘地下溫泉的連介面，都相繼地放棄了，只剩下一隻小地鼠仍在努力。

又是一個小時流失，大家的吵鬧聲越來越大，騷動著；守護師的火氣也越來越大，臉色越來越難看，滿臉漲得通紅，好像一顆點燃的炸彈，隨時可能爆炸。「找到啦！找到啦！」還在挖掘的小地鼠叫起來，大家安靜下來，不再吵鬧，停止騷動，守護師的臉色也漸漸好看起來，大家就等著小地鼠出來了……

（十三）夢池修復（4）

「找到啦，夢池和地下溫泉的連介面，我還看到了地下溫泉，呼……可累死了，哈哈，找到咯！」小地鼠從打下去的洞裡直竄了出來，高興得手舞足蹈，大汗淋漓。

跳累了，他接著對滿懷好奇的守護師和動物說：「連介面是一條泥石隧道，這條隧道差不多有五米長噢！隧道的前三米乾乾淨淨的，到了後面，隧道上就有許多堆積的石頭，汙糟的泥團，滑膩的青苔之類的東西在隧道當中堵著，斷掉了地下溫泉給夢池供應夢水。我從隧道上面繞到了另一邊，看到了地下溫泉的樣子，

真糟糕！溫泉的水面上起了很多污垢，好像已經被什麼東西給污染了！水中隱隱約約還可以看見一些水蟲。而且，我把手放在溫泉上面感受熱度，一點熱氣都沒有，我把手伸進水裡面，冰涼涼的，像冷水一般！根本不像溫泉的水暖暖的，還說不盡呢！總之情況惡劣極了。」

「這樣啊！」守護師聽完陷入了沉思，心裡面想像著小地鼠剛剛說的地下溫泉和隧道的情景，想著：怎麼辦，怎麼辦才好……只有先這樣做了。他想出了第一步，說「第一步，先把隧道上堆積的東西清理乾淨，後面再作決定。」

「不是，」蒲爺爺反對守護師的方法，「清理那些髒東西就要把它們堆到另一個地方去，除了夢池就是溫泉，可是，溫泉已經被污染了，這樣做只會雪上加霜；堆到夢池，就要從末端開始，但是隧道的後幾米已經被這些東西堵住了，沒法從尾部開始推。」

「那浮浮不是也自己也打了個隧道嗎？就從他那個隧道到達連介面的隧道，再堆到夢池，不就行了？」守護師繼續發表建議。

「浮浮，你的隧道和連介面的隧道中間有什麼？」蒲爺爺問道。

「就是地下溫泉，沒有地可以走！如果誰不介意溫泉的污垢髒，水蟲粘，水蟲會粘到你的身上的話，可以從上面走過去再到達連介面。」浮浮回答。

「那，」守護師也暫時丈二和尚摸不著頭腦了，「大家回去都想想辦法吧！先回家了，浮浮謝謝你了！」接著他小聲嘀咕：「這也太難了！」……

（十三）夢池修復（5）

守護師在回家的路上不停地思索著，走走停停，用手撓著後腦勺，腦海裡反復重複著小地鼠的話，反復咀嚼。不久，聰明的守護師理出頭緒，一下就想出了好幾種解決的方案。

他高興得嘴巴咧開了花，白花花的長鬍子都左晃晃，右晃晃地舞蹈起來。守護師像馬戲團的演員一樣在多夢森林的卵石路上表演起來：把帽子拋到半空，蹦跳著用手接住；把鬍子捊成幾小把，編成好看的辮子……不知過了多久，守護師才想起自己得回家把方案都記錄下來，匆匆地離開了，拋到半空的帽子都忘記了拿回，頂著光光的腦袋回了家。

天，濛濛的亮。

未到雞啼鳴，守護師家來了客人。客人一邊喊著：「守護師」，一邊朝論茶道的紅木桌飛去。

來客——蒲爺爺望著眼前的情景張大了嘴：一張張的廢紙被揉成了紙團，紙團毫不留情面在守護師「橋下小屋」的潺潺流水上漂浮著；三十幾張宣紙被疊成長方形，放置在紅木桌的右部；紅木門的中縫處堆積著各種

不同顏色的彩筆；左部，守護師孩童般可愛的臉側著，光著頭，在冰涼的紅木桌上睡著大覺。

蒲爺爺見此，立馬輕飛到桌前，搖醒了守護師。

「守護師啊，快醒醒，這樣會生病的，快醒醒！」

守護師聽到聲音，吧唧吧唧動了動嘴，咽下本要破口而出的口水，睡眼惺忪的他，打著呵欠說：「啊？噢！是蒲先生啊？什麼事啊？」

「您的帽子呢？還有修復夢池的方案理出來了嗎？」

「哦？」守護師摸摸光光的頭頂，稍稍醒了點，「哦！這個啊，帽子我送給老天了……對了！你不來我正要去找你呢！我寫了幾種方案，你來和我一起參考參考。」

「好是好，不過……我們還是先把屋子收拾了，再說吧！」

「這……」守護師環顧屋內，「也對啊！哈哈哈哈……」笑聲在橋下，回音繚繞，爽朗悅耳……

（十三）夢池修復（6）

熬了一夜，守護師和蒲爺爺「劈裡啪啦」的口水說了一地，不到黎明，兩人的辛苦得到了回報——夢池修復的方案終於篩選出來了。

兩人一夜未睡，熬夜，貓頭鷹蒲爺爺已經習以為常，可對於守護師來說，就好比要讓他的理解能力好起來一樣困難。

蒲爺爺帶著方案，精神矍鑠地去夢池，查驗實施計畫的難度。

　　雙眼通紅的守護師疲憊地坐在紅木桌上，小歇一會兒，他眼睛半閉半睜，微張嘴，眼睛就像國寶熊貓，他的鼻子「呼呼」地喘著粗氣，呼出的氣把雪白的鬍子吹得飄了起來，像失去了風箏的細白線。這樣子又活像跑了四百米。

　　一對翅膀好辦事，不出一個時辰，蒲爺爺風塵僕僕地趕來了。

　　他俯到守護師的肩上，對著守護師的耳朵大「啊」一聲，守護師立馬條件反射一般跳下了紅木桌，揉著耳朵，說：「哎呦喂……能不能小點聲？！我在休息呢！」邊說邊比劃著手勢，當看到蒲爺爺手上的方案，他又恢復了正經樣：「咳咳……好，辦事果然有效率啊！怎麼樣，方案實施的難度和危險大不大？」

　　「守護師過獎了。是這樣的，難度如果以五星制的話，那就是四星，危險則是……我還回家看了看資料，資料上說：健康人如果被水蟲粘上時間過長的話，會患水蟲粘液症，受了傷的人被水蟲粘上了傷口，就會發炎發熱，直至死去。還有隧道裡的髒汙詬裡，會有許多嗜血的條型小蟲。」

　　守護師聽了，拂拂鬍子，摸摸光頭頂，陷入沉思，蒲爺爺畢恭畢敬地望著守護師。

半晌，守護師未語先笑，說道：「啊哈哈哈……我懂了，去施行隧道任務的必須是個健康人。」

「額……守護師，這個是必然的。」

——！！「當然……還有！我覺得我們應該製作一種服裝，就像人類的太空服一樣，可以避免水蟲和嗜血小蟲。」

「這也對，我回去看看資料，查找一下，那我就先走了，守護師，回頭見。」

「好，拜拜，查資料久一點，精確一點，拜拜了！喲呵！可以睡覺啦！哈欠……」守護師揉揉眼，哈欠連天地進入了甜甜的美美的夢鄉……

（十三）夢池修復之（7）

下午，天亮得發白，亮得令人睜不開眼。

守護師那邊，大家還沒得到進一步的消息，只好眼睛瞇成小縫，三三兩兩聚在樹蔭下，一起發揮想像，猜測著修復的方案。

刺眼的陽光，不偏不倚地斜射在橋下呼呼大睡的守護師的臉上，守護師感覺火辣辣地疼，從美夢中醒了過來。夢醒了，人也清醒了。守護師避開陽光，到立於清水之上的大盤子似的荷葉上涼快。

隔了一會，他想起了夢池，接連又想起了蒲爺爺，後來「像人類宇航員的太空服一樣」的字眼浮現在腦海。他掐指算了算時間，已經過去十三個小時了，怎麼

蒲爺爺還沒來呢？有些著急了。守護師毫不猶豫地，用自己以前學的「騰空」本領，很快地飛到了蒲爺爺的樹洞屋。（畢竟，對在自己管理下的多夢森林的地理位置還是熟悉得多哦！）

　　守護師輕步走到樹洞門口，蒲爺爺的家被大大小小，各式各樣的燙金書名的書籍淹沒，蒲爺爺帶著闊邊老花眼鏡，沉思翻閱 X 書籍的身影出現在眼前。他嘴裡嘟囔著，念念有詞：「哦！這裡有啊！些許鹽巴？做飯的啊？不是這本……」當蒲爺爺翻到第 X+1 本時，大叫得坐立起來。「啊！是這個！製作如太空服一樣的服飾，需要……啊！就是這本……需要少量……」

　　「蒲先生啊！」守護師打斷蒲爺爺自言自語的話，跨進了樹洞屋的門檻，「請問資料找到了嗎？」

　　「額……資料就在此名為《智慧之服飾製作篇》的書內，可容等我看完，再稟報於您？」蒲爺爺禮貌地向守護師解釋。

　　「那好，」守護師是個好說話的人，更何況還聽到了尊敬他的話，「那我在屋內陪你看吧！反正我也沒事。」

　　內容很少，淺顯易懂，很快地，就看完了。蒲爺爺細細地琢磨每一個字，看完一個步驟就想實際應該怎麼做。守護師一目十行，囫圇吞棗。

　　「看完了！守護師，是這樣的，書上說製作這種衣裳，需要：十八塊尼龍料縫製在內，塑膠在外，包裹三

圈；要些許的咸水硬質海帶，用於拴緊服飾；還要去人類的店裡買最長時限的氧氣瓶；一塊塑膠玻璃，安置在眼睛部位；我們的方案是先清理污垢和水蟲，再取溫泉的水進行化驗，所以我們可以在服飾上加人類的化驗容器，用於取樣本，你覺得怎麼樣？」

——！！「額……有點複雜啊！就這麼辦吧！那你去選拔一下去實施這項工程的勇士，給他們講：重重有賞，然後再去選拔一些聰明的人來製作這件衣服，我則去找這些材料。」

「好的。」

「哦！你可不可以幫我繪製一張人類城市的地圖？對了，可以把這本書給我嗎？我怕買錯了。」守護師有點不好意思地說。

「哦哦，沒問題！」蒲爺爺笑著，他把書遞給守護師。「嗯，這地圖就交給我了！十分鐘就好！沒想到，我這一把老骨頭也有事幹了啊！嘿嘿……」

（十三）夢池修復（8）

守護師帶了足夠的錢來到熱鬧擁擠的城市。他在路上看到一個人，就翻開書籍，逮住他還有她，用瞥腳的方言問：「請問你知道這些東西在哪裡有賣？」別人可看不懂這些奇怪的文字，再看看守護師的長鬍子，長袍子，擺手走開。守護師以為是招呼他跟著走的意思，便跟著那個人走，別人回過頭，可把那人嚇了一大跳。

多夢森林裡，蒲爺爺貼出告示，讓有意參加夢池修復活動的動物，到他的樹洞報到。後來選定了堅持不懈找到連介面和熟悉地形的小地鼠當「勇士」。曾經為守護師修築「橋下小屋」的河馬易易的後代未未來當「發明家」，一切都選定好，只等守護師的材料了。

日子一天天過去，守護師還是不見蹤影。蒲爺爺決定出去找找。飛了好久，好久，終於在一顆茂密的，長滿蘋果的大樹下找到了正在傷腦筋該往哪邊走，背著大包包袱的守護師，帶領他回到了森林。

守護師把包袱裡的材料都給了未未，蒲爺爺拿著書本一板一眼地把步驟解釋給未未聽，未未拿著葉片和羽毛筆迅速地記錄。記錄好，就回到了「研究室」研發起服飾來。小地鼠則回想地形，想著應該如何實施計畫，理好計畫方案，就只等著未未的服飾了……

（十三）夢池修復（9）

服飾在未未的精心製作下，一點一點地慢慢成形。細心的未未怕水蟲會粘在視線的部位上，還多製作了一個吸取污垢和水蟲的道具，準備了剷除青苔的鏟子，服飾的大小是按照小地鼠浮浮的尺寸做的，大小合適，只是安置在背部的氧氣瓶大了，重了一些。白色的塑膠裡透出尼龍隱隱的灰色。硬質海帶在服飾上拴成一個個死結。頭部是圓形的，眼睛處有透明的塑膠玻璃。採取樣

本的容器和道具，牢牢地掛在腰部。未未對這套服飾特別地滿意，包裹好，馬上拿去給了守護師。

守護師召集勇士浮浮來到夢池，好熱鬧的小動物也紛紛來到夢池。未未交待浮浮服飾的結構，和道具的使用方法，交給他鏟子，並為他穿好了服飾，這套服飾，得到了大家的好評，一句句客氣的稱讚擠進未未的耳朵，未未都不好意思了。浮浮做好心理準備，入了隧道，未未不放心地叫了聲：「記得氧氣瓶的使用時間只有半小時啊！半小時後一定要上來。」隧道中傳來浮浮空洞的聲音：「我知道了，別擔心，我現在到了連接隧道了。」大家的心都懸了起來。

隧道內，浮浮拿出道具順利地吸除了汙糟的泥團，拿出鏟子剷除了滑膩的青苔。可石頭怎麼辦啊？這還是難不倒聰明的浮浮的，他拿起鏟子用力地鑿石頭，很快的，碎石四濺，石頭變身成了碎石塊。連著泥團，它們被一併吸入了道具內。「哈哈。」浮浮高興得淺笑一聲，繼續往前進了。隧道的問題輕而易舉地解決完了，只要溫泉的問題解決完，取了樣本化驗後，再打通連介面就行了，浮浮心想。冰冷的溫泉，蠕動的水蟲，讓人不寒而慄。浮浮打了個冷顫，立呼「加油加油」給自己打氣。浮浮走到溫泉邊，拿出道具，探進溫泉，左轉轉，右轉轉，把水蟲吸了個乾淨。浮浮嘴角的笑容更燦爛了。浮浮取下掛在腰邊的容器，輕輕地放入溫泉，一斟，小瓶夢水就入了容器。蓋好，掛牢，浮浮準備

走。當他回過頭的那刻，一個亮閃閃的東西照得他睜不開眼睛，儘管隔著塑膠玻璃。浮浮的好奇心湧上來了，他蹲下身，一塊白色的瓦片映入他的雙目。浮浮不知道這究竟是什麼。但一定有礙溫泉，所以用手把它撈了起來。啊！瓦片下是一個小洞口。揭開瓦片，奇怪的現象出現了：洞口開始冒起或大或小的泡泡。浮浮臨近溫泉查看，這時，他的眼前開始起蒙，浮浮立起身，用手擦拭，又是如以前般清晰。浮浮不明白了。溫泉上開始冒煙，一縷一縷的。浮浮想啊想，啊！他知道了，這是熱量，洞口在給溫泉提供熱量，溫泉變得和以前一樣了，太好了。浮浮又像那以前找到連介面的時候直竄了上去。還未到出口就聽到大家喜悅的驚呼聲：「啊！快看！」「水，水出來了！」「是夢水！」重見光明，浮浮立刻給大家解釋了溫泉沒有溫度的原因，大家都不禁讚歎浮浮的智慧，這下子，浮浮可成了森林的大功臣了。

守護師沒有食言，修復夢池的功臣：蒲爺爺、浮浮、未未等，都得到了不菲的獎賞。而守護師自己也覺得自己有功，他不要任何東西，只是想再去人的城市生活一陣。乒乓爸爸吃過苦頭，不再多嘴了，但他知道守護師一定又是為了蔥香餅。

森林又熱鬧起來了，森林又被大家記起了。那個天真可愛的小女孩黎莉，已經很久沒來森林了，聽說黎莉生了病，沒錢治療，生命的火光已要燃盡。但黎莉不會

死的，她會一直活在動物們的心中，堅強的黎莉，愛笑的黎莉，隨和的黎莉，喜愛寧靜的黎莉……

（寫於 2008 年暑假及 2009 年 2 月，小學五年級及六年級）

二 散文

我的冬天

「純白」，大多數人對冬的比喻，因為她的銀裝素裹，因為她的雪花飄飄。可在我生長的重慶，很難甚至於根本無法見到漫天雪花飛舞，和小孩子們高高興興打雪仗的情景。

我依我所見的，把冬天喻為彩色，或許比純白更恰當，或許是我更甘願，至少我不希望她像白色那麼悲涼。

我喜歡的東西可能都帶一點傷感的色彩，也正是因為他們使人惆悵我才喜歡她們，卻又不希望她們那麼素淨得有些憂傷。所以更情願他們能融入鮮艷的成分裡，感染上一點快樂，卻又從心底裡排斥艷調。或許我本就是一個矛盾的人。

別人所見的冬天，或許過於空洞。在我的冬天裡，她卻富含了我一切一切所愛的——

我喜歡外文那種乾淨純粹，直達人心甚至靈魂的清唱。冬天譜成一曲，沒人能聽懂——卻正因為如此才美的大自然樂章。這裡沒有雪，雨倒很尋常，雖然常見卻仍附有一種獨特的美。我也說不清為什麼，一種感覺吧。樹很多，雨滴要先滴在樹葉上才能順著葉脈劃落滴

在地面上。三種輕輕的音符，像人經歷了悲痛，最後雨滴的滴落綻開水花——淚的墜落。人哭完後就會繼續開心的笑了，如同雨過天晴忘了傷。然後，不下雨了，冬天過了，因為人笑了——就像春天來了。

我喜歡素色繪成看起來讓人舒服的圖畫。冬天形成一冊，變化很多卻不大都以乾淨的冷調繪製而成的畫卷。下雨的時候，我總愛站在不受雨干擾，卻又不干擾我能眼瞧著雨「嘩啦啦」地下的地方，讓整個視線範圍充斥著一片冷霧，然後不自主地伸出手，讓雨滴落上去。握緊手，想把這「小水塘」留住，手指縫卻放她們一個個的離開，像沙漏，倒來倒去只想挽留，卻因一個小洞痛失所有。雨停，天晴，太陽邊出現一圈彩色的線。對，人們管那叫彩虹，多美多富畫意的名字，這美麗的東西只在雨過之後才吝嗇地出現。人們常念叨「風雨之後總能見彩虹」，就像悲傷之後就見到光明、希望的快樂一樣。我常想：「既然哭過後還是會笑，那人為什麼不能沒有悲傷直接一直幸福下去呢？」豐富的畫卷，一張「女孩留雨圖」，一張「女孩冥想圖」。

這乾淨的冬天不是沒有喜怒哀樂的，她只是不像夏天表現情緒那麼明顯，儘管她表情本也不多。她不閃光，也並不耀眼，異常平凡，在這大大的世界裡渺小得有些卑微。可這不影響她的自信，她總是帶著春到來前必有的期望和心中的彩虹，表面悲涼，卻年年幸福的出現。

冬天是希望之前的悲傷，有了後者她的存在就變得不起眼了；冬天有悲傷之後的希望，有了她才能引來快樂迎來陽光。

　　或許是配角，或許是主角。

（寫於 2009 年小學六年級）

Letter

Hey you! It has been almost ten years since the last time we met. I hope you won't feel weird when you suddenly receive a letter from someone disappeared for so many years.

It's raining heavily outside. The forecast said the typhoon would hit the coastal areas soon. Seems like at any moment my roof will be removed, then I will lose my shelter and raindrops will ruin this letter. Once the letter I gone, I will be invisible in your life forever. So, I'm praying the God to be nice to me, just this one time. All I need is just one more hour. Please, please, PLEASE. I know that if you were here by my side, you would make fun of me again. You would say: "Look what a strange thing is happening! A confirmed atheist is praying to God for her needs!", and I would punch you violently in the belly.

Tonight kind of reminds me of those rainy days we spent together. You know that I'm only honest when it rains, which I hope explains why I'm writing to you right now ⋯ I can explain to you what I have done and where I have been in my ten-years absence, but I know, you are no longer interested in those fucked up life stories anyway. Plus I'm running out of time.

These days I always wake up from the same dream every night ··· We draft in a white chaos and you read poetry collections to me. You teach me the courage of stars and the infinite ways of the universe. You speak of 'how rare and beautiful it is to even exist.' I listen as you whisper that the universe was made just to be seen by our eyes. It reminds me of those old days when we would lie in bed and talk for hours. We always had so much to say, so much to tell each other ··· There was never any awkwardness between us and there are rarely had a break in our conversations. Even so, the moments we spent together in silence were just as precious to me. I miss it. You never knew how much I loved it when you wrote me beautiful, heartfelt poems. You also never knew how much I hated it that I could never write you one beautiful line let alone pour my heart on a page. Oh, how much I wished we could speak in the same language and grow up I the same culture. I don't know, maybe it would come true one day, eventually, if you believe in reincarnation.

Remember that private theater we used to go for those crazy films? Neither of us understood, but all that mattered was that we were there together. I went there yesterday, and again this morning, just for a visit, but it was closed both times ··· I am not saying that is has gone bankrupt. I would probably cry out loud in the streets if our favorite place was gone, and then the fire alarm would be triggered because of my desperately sad volume. Joking. It was closed because it was too late when I arrived. I walked there. I walked on the same route that we would usually take, almost 10 years ago now. But this time I didn't have you with me. You weren't there to make fun of my fake Australian accent, when I pronounce 'cant' wrongly into 'cunt'.

It's still so nice to go back there again, the building remains the same, except it seems to have gotten order. Like us. I don't think I could count how many nights we spent in that theater, or how many times we watched Nuit et Brouillard in a complete shock and yet, never grew tired of it. People called us 'weirdoes', sometimes 'creepy sisters', which I remember we both thought was amazing words to describe us. So accurate. 'Fucken oath'. You taught me this slang, remember?

The sound of raining is so strong. It has disrupted my thoughts of those times we spent together and forced me back to reality. I really need to make my mind up, hey? What do I actually want to say to you in this letter?

Oh, the sound of raining, raindrops, water. Only you know how much I'm obsessed with water. Did I tell you that I took that free diving course after I left you and the country? 'So you paid for free diving course?' Your voice echoes in my ear again. I remember telling you that 'It's called free diving because you roam freely in the ocean, with no machines. There' nothing to hold you back. Not the 'free' you're thinking about!' I remember we then laughed together because of it sounds dumb to pay for something with a name that implies that it is free. Old days. Whatever. So anyway, the first day of free diving course, the instructor asked us 'How did you breathe? Did you breathe with your chest or your stomach?' The whole class remained in silence, probably because we had no answer. How weird, right? We never pay attention to those things. I had several trustful diving buddies to be my safety divers. The most comfortable moment was when I came back to surface again and did hook breaths. I touched facial mask and gave my buddy safety signal. I remember then I heard a voice like thunder: 「 Come and see the final wonder! 」

I had written about so many memories which you probably want to forget, but these memories are all I left and, honestly, you cannot expect anything more from me right now. My mind is in a mess. My body is disappearing and I feel like I'm slowly fading away. I will fall asleep at any second. I miss you badly.

I'm wondering, how's your life going? One year ago, before I came back to this country and I met Maura in Indonesia. I heard that you had gotten married and have a lovely son, whose lips are as soft as jelly. From the bottom of my heart, I wish you a happy life. I hope that I have not made a mistake in writing this. It's just that, God knows how much I wanna see you, if I only had one chance. I want to meet your family, your son. I'm sitting here imagining how you would introduce me to them. I imagine that you would say to your son: 'This was your mom's best friend.' WAS. Past tense. Just FRIEND. It hurts.

（寫於 2017 年大二時）

泥土之上

　　她時常會夢到這樣的景象：在泥胚房剛踏入門檻的堂屋裡，白色的洋蠟燭懸掛了滿牆，桌上放著冷卻的飯菜，米飯上豎插著一雙木筷。洋燭就這麼吡啦啦地舞著，許久，卻絲毫不見變矮。屋外的天氣，時而肅清又時而雷雨，屋內的燭火卻總也不受影響。

　　那是住在城裡，間或才回一次老家的女孩，曾因不懂鄉下規矩而犯的一次忌諱。在米飯上插立筷子象徵著墓碑，二年級的她，是在家裡做冥壽的那天第一次聽說。

　　「哈娃兒。」婆婆青著臉叱道。她便急忙抽下筷子，將其擱置於木桌。坐在門檻上燒紙的曾祖母癟著嘴，只是輕輕地笑。

　　「你弄這麼多碗飯幹啥子呀，我們又沒得這麼多人。」女孩擺弄著桌上成雙成對的木筷問。

　　「會有人回家來的。」婆婆忙活著端菜，語氣中帶著一種確定。

　　女孩只是半知半解，也便坐上門檻，往火堆裡丟著面值各不相等的冥幣。數著冥幣上的零，心想這要是真錢那她可就發達了。而後又望望一旁斂著笑意的曾祖母，心裡盤算著一會兒把她的假牙往哪裡藏。

　　今晚的夢也似往常，夢裡照樣是一座孤立的泥胚房，照樣有滿牆的洋燭和豎著木筷的瓷碗，但不同的

是，癟著嘴的曾祖母，走向了那碗不再冒熱氣的米飯。蠟白的月光鑽進碎瓦片，爬上桌子，爬了個滿地。她從飯裡抽出木筷，再一手緩緩端起碗來。瓦片頂稀稀落落漏了些雨點，漸漸浸濕曾祖母的絨帽。驚雷間，卻只見她口齒不清地含糊道，「哎呀，糟了，牙巴忘了放哪兒了。」

從夢裡醒來的那天，女孩得知了曾祖母的死訊。

其實不管怎樣，曾祖母也到了該走的時候。活到九十多歲，每年院壩上大擺的幾十桌宴席，似乎早已和她依然在人間這件事沒了關係，只是旁人面對將死一次又一次的狂歡。曾祖母總是穿戴整潔，作為一種象徵性的存在，沉默地端坐在床榻上。四周是堆成小山的禮物，總是些核桃奶、桃片、米花糖。從她的七十歲一直到九十多歲，哪怕後來她已經很難咬下米花糖的一角，這座小山只是單調地重複。

宴席上人來人往，人們帶著這些禮物，接連走進那間沒有光亮的屋子，讚美她的倖存。讚美她生產了四個後代後薄蟬似的肚皮，讚美她獨自撫育子女成人後枯槁的兩手，讚美她走過了好些年歲的「三寸金蓮」，讚美她密佈的老人斑裡藏著的動亂日月。她的臉上，深深地印刻著九十個四季，也只有九十年的勞作，可以使一張臉變得像這一張一樣，紅潤，又乾裂。

女孩記起那次去醫院探望曾祖母的事情。那時，曾祖母基本已無法和旁人正常交流，她的嘴裡反反復複地

喃喃著一個名字。她說,「某某,你是來帶我走的嗎!哎喲!」

女孩問父親某某是誰,原來是那位連父親都從未見過的曾祖父。

六十多年前,頂著尖尖帽、跪在地上抖顫的富農曾祖父,終是被鬥瘋了。精神失常後,他便成日在農田邊和鄉鎮上四處遊蕩,這家拿個瓜,那家順個棗,慢慢遭人憎惡。也許是一種逃離土地的迫切,也許是一種鄰裡反目的流放,他無聲息地,突然消失了好些年。從那時起,每當聽說哪兒有一點消息,哪裡有一個流浪漢,哪裡有個人餓死了,曾祖母總急急地去認,卻總也不是。

後來,在一個夜黑壓壓地鋪開的晚上,曾祖父回來了。只是等一大清早,他被同院另一戶人家發現時,身不著被的他已經死在了木柴堆上,在他的旁側,是吐出的一灘穢物,和幾隻啄食穢物後被毒死的貪嘴的雞。曾祖父的死因成了這個僻遠鄉村的一個謎,就像那個時代死去的好多人一樣,就像他這幾年的行蹤一樣。人們揣猜是哪家憎惡他的人在給他的飯裡下了毒,卻揣猜不出他是如何在離開了這麼久之後,也依舊在臨死時拖著身子,找到了回家的路。也許是故土的牽絆,也許,是命運的不可逃離。

連最後一面都未來得及與其相見的曾祖母拴緊了屋門,耐著饑餓,她用偷偷藏下的、未遭充公的米煮了稀飯,再分給生產隊上的幾個男人一人兩勺,最後他們

合力將曾祖父埋葬了。那一天，寒風使他的屍骨僵直，那一年，曾祖母結束了她的癡等，照樣過著從不停下的四季。

曾祖父死時，排行老二的爺爺只滿十二三歲。於是，整個家族對於這樣一位長輩的印象，幾乎都來源於曾祖母的口授記憶裡。一代代的消磨後，留給女孩這一輩的，只剩下零碎的故事片段，像一部掉了幀的膠片電影，再也拼湊不完全。

曾祖母撒怨似的叫喚聲多了，女孩才注意到，四下並沒有她的假牙。

「半隻腳已經踏入土裡了。」爺爺望著病榻說。女孩卻在琢磨著曾祖母的反應，到底是人在病重時模糊的幻覺，還是她乞求關注的一種方法。

「真不如死了算了！」對於死亡的淡漠念頭，悄悄閃過年輕的、健康的女孩心裡。

那一次探望後，曾祖母還患病在醫院這件事就被女孩淡忘了。直到她稍微穩定被接回老家的幾個月間，她也沒有再去過醫院。再次見面，是第二年的新年。在迎著爆竹的嚷鬧裡，女孩和其他曾孫輩們齊齊跑進曾祖母的房間。屋裡沒開電燈，獨有微弱的日光從泥牆鑿開的洞裡流動進來，曾祖母坐在一屋當年陪嫁自己的舊式家俱之間，像靜物一樣式，檀木床上掛著的帷幔快將她佝僂的軀幹隱形。她在這床上過了最後的日子，但小輩們不懂，七嘴八舌地討要紅包。

他們的吵嚷很短暫地熱鬧了這個屋子，而她只是照例癟著嘴，斂著笑，用那含糊不清的聲音說道，「回來啦？」

曾祖母離世前的最後幾年，女孩便從未見過她離開這間泥胚房。她所走到過最遠的距離，是一次次站在院壩口那株櫻桃樹旁，一次次送別歸來又離去的親人。她背著手站在那裡，常常是圍著圍裙，總預備著要去勞作的樣子。走下石板路回頭望，會見到曾祖母還站在那裡，就像是院壩上呼地又新生出一株古樹；走過幾方土地再回頭望，她又變成了一條樹椏，還徐徐揮動著枝葉；最後，她終於小成一顆櫻桃，落下了。

而每次回鄉，踏上石板路的那一瞬間，女孩在腦子裡猜想到的也永遠先於她將看到的：木門大張的泥胚房，戴著或黑或紅絨帽的曾祖母握著拐杖，她坐在靠門處唯一一道光亮裡——就像現在坐在帷幔後這樣——輕輕的字句從兩瓣嘴皮裡飄出來，「回來啦？」

長大的過程，也是村落對於女孩漸漸失去吸引力的過程。人大了，不能再像從前那般，在四野竹林間撒著歡瘋玩了。在城裡學到的知識，也在一次次反復印證著鄉村所信仰的那套經驗的落伍，想要和老家割裂開來的念頭一度佔據了她。於是很自然地，很順應大家族崩解這一社會趨勢的，女孩的家庭和依靠過去經驗而生的祖輩們逐漸遠離。他們回去的次數愈來愈少，從兩隻手可數，變成一隻手可數，從每一個節日，變成每一次過

年。慢慢地，幼時的、總是盼著的鄉村，變成了一種義務。

曾經有一段時間，在海外上學的女孩可以一年裡一天都記不起老家來，那些屬於泥胚房的氣味、聲音，房子裡的人的模樣都被一一封存，被她留在了童年。

再後來，它又變成向西方同學展現東方風情的道具。女孩站在曾祖母的墓邊，眉有聲色地對來自異國的大學同學解釋，家人是如何偷偷將曾祖母的屍體從殯儀館運出，又如何偷偷在夜裡將她埋入墳土，只因中國人自古講究身體髮膚、死有全屍。但女孩遺漏了未講的部分是，在曾祖母去世的這三年間，這是她第一次主動去燒香、上墳、添新土；而在她生活的二十多年裡，她第一次從墓碑的刻字得知了曾祖母的名字。

人就是這樣嗎？女孩後來總是自問。用一種關係來相互稱呼，而不是以自己的名字——又或許名字本就是個偽命題。最後生命只化成一些字，寫在一塊方碑上，身體腐爛成養分，又複而孕育這片土地。還有人掛念時，墳上就充盈些許人聲，等後來連血親也一代代死去，土塚就變成了於這世界毫無意義的土坡。

比如曾祖母走了，那就是最後一個能完完整整憶起曾祖父來的人走了，他們各自蜷在泥土裡，隔著這許多山。他們是怎樣的相識，又怎樣短暫的相互扶持，那周折的一生，終是隨著撒路錢飄散了。在親朋鄰裡的回憶中，如秀才般寫得一手好書法的曾祖父，竟是連自己的

名字也沒能在墓碑上留下，胡亂地葬在一座山頭。沒有一張照片，更沒有值錢的財物，唯一留下的「信物」是一張早已積灰的桌子。那張桌子，是他在幾乎所有家中的土地、用具都被徵收後，不知從哪兒一路拖回來的。

「從那邊山頂的廟裡頭拿回來的喲！」他總是這樣對別人講的。只是他口中的寺廟，遠在幾十裡路開外的險峻處。和平年間，那裡曾是住著四百多個和尚的鬧市，後來因著「破四舊」的緣故，寺廟便被棄絕了，而曾祖父又是這樣的精神失常，是鄰裡們口中的「白瘋子」，於是桌子的來源再也無從考證。

曾祖父還曾經從別的人家那兒，扛回來一座打稻穀的搭鬥，因為無處放置，搭鬥被婆婆劈開來當成柴火燒掉了，而這張桌子，則是在爺爺萬般阻撓下才留存下來的。「爸爸在精神失常後都記得往家裡帶東西，這張桌子就是他顧家的象徵啊。」在爺爺的心裡，彷彿那一張再普通不過的木桌，不僅僅是一張四四方方的木桌，而是無邊的、無限的柔情，是落魄的、早逝的父親對於家庭的彌補。於是木桌兜兜轉轉，從業已坍塌的茅草屋，一直被保留到那間泥胚房。

女孩總是想，從小體弱的、喪夫後被鄰裡指摘不夠能幹的曾祖母，是不是正是靠著這張木桌留下的念想，養活了她的四個孩子，活過了那個勞作換取饑餓的時代？

桌子還在那裡，被楠竹林包裹著的泥胚房也還在那裡，只是房宅的裡裡外外都顯露出一年復一年的修補，細算來，它已經承載了人世間六十餘年的故事。在泥胚房的邊上，又立起來一棟雇來的施工隊新建起的小樓房，那是在城市做出一番成就來的後輩，想要對留守在鄉間的親人體現孝心時，最慣常的做法。於是，堂屋裡四下的家私都已轉移，灶房間，曾經用柴火的爐膛也被燃氣代替。

再次走進這間房子，已經很難想像出曾祖母一個人忙碌著的、編織草鞋賣錢以換取工分的身影。可偶爾，女孩又能感覺到曾祖母就在周圍，感覺到她在那雙沒有體溫的布鞋裡，感覺到她在搗碾辣椒的石臼旁，農忙時，她又背著背箕緩步在房捨下的田地上。

她的陪嫁原封不動地放置在那間昏暗的屋裡，失去了主人的用具蛛網羅織，沒有了匆匆來看望的後輩，沒有了堆成小山似的禮物，所有的這些，從泥胚房的那間小屋，演變到了旁邊樓房的小屋裡。腿腳不便的爺爺重演著曾祖母的老年，成為了家族中負責被瞻仰、被惦念的物件，那是在人們的心裡默認的最靠近死亡的人。

小時候最熱鬧的院壩已然成了空院，櫻桃樹被砍掉了，從前跑滿雞鴨鵝的土坡被澆灌上混凝土，鋤頭、鐮刀被忘記在田地，沒有人再去耕作，沒有人再記得這遠古的本能。女孩站在院壩上，四面八方湧來的，是無邊

無際的空洞。根植在中國鄉村間的清幽，緩緩地沉到那更深的夜裡去。

「我的家族裡有一些什麼東西，也隨著曾祖母一齊丟失了。」

女孩最後寫道。

寫於 2020.10.04

三　小說

我們的紀念冊

1、

扯著自己的衣角，銘心在這所小學的門口歪著梳有馬尾辮的腦袋，睜大水汪汪的眼睛看著學校的牌匾。

「淺棉路小學？哦……」銘心低下頭。

母親牽起她的小手，往前拉了拉，說：「銘心，走吧。」

銘心乖乖地點點頭，抽出母親握著的手，又再扯著自己皺皺的衣角，往學校裡走了去。

學校一個年級一棟樓，可見這個學校多麼奢侈。每棟樓外的牆都不一樣，依著年齡不同的夢想來設計著，十分新穎。還有不少被樹木擁著的林蔭小道。

銘心看著面前陌生的大樓，莫名生起一種害怕。上了一棟外牆繪有小白兔、小青蛙等各種可愛的小生物的樓，來到 1-4 班的教室門口。望著教室裡，每個人都掛滿笑臉，開心的結識新朋友，和同學一起玩著遊戲，談著話。每個人都是那麼活潑，銘心可以肯定，自己絕不能融入這個集體中。

一位女老師領著銘心進教室，銘心沒有回頭，或許說她對父母並沒有不捨。

老師把她安置在第三排的一個位置上，說：「我姓辛，可以叫我辛老師。小朋友，你還有什麼問題嗎？」

銘心沒有回答，她東張西望，急迫地想瞭解這個陌生的環境。

2、

銘心。一個相對於同齡人來說，性格孤僻的女孩。早熟的她，什麼事都比別人懂得早。家境十分的富有，過著被人所羨慕的日子。在外人看來，她家或許是美滿的，要什麼有什麼，可就是這種什麼都有的日子，反倒讓銘心覺得不自在。她常在心裡問，為什麼別人總是認為有錢一定能幸福？暗笑，她真的厭倦了。

記得自己親眼看見。這所學校的李主任向她提問以便進入學校，自己卻望著別人不語。主任搖搖頭，起身要離開，父親文源連忙擺手命令銘心回房。過後，機靈的銘心用餘光看到父親拿出一個鼓鼓的紅包塞給主任，向主任點點頭，主任就像懂得了什麼似的，嘴角揚起一絲笑。銘心突然覺得這個世界如此虛偽，如此噁心……

「嘿，你叫什麼名字？」身旁男同桌的聲音在耳畔響起，這清脆黏黏的聲音把銘心拉回現實。

銘心望望同桌，又撇過頭指指自己家庭本上寫的歪歪斜斜的名字。

「文銘心」。

3、

同學都堆著甜甜的純真的笑臉，在走廊上，教室裡穿梭、遊戲。

銘心坐在座位上，靜靜的。

她看著周圍，班長宋真琴正帶領一大堆女生蹦蹦跳跳地玩著「水果迷」，其他沒參與的各自玩著「一二三」。男生在教室後面黑板報的空地上圍成一圈，翻著遊戲王的卡片。女生的嬉笑聲，男生的呼喊聲、抱怨聲混為一體。開學還沒一周，大家就混成一片，都成了遊戲上不可分割的玩伴，學校裡互相扶持的朋友。這一切只有銘心例外。

好幾天了，銘心每到自由活動的時間只會坐在位置上發呆，東張西望。銘心嘆嘆氣，低下頭望著抽屜。

就在此刻，銘心的視線裡出現了一隻小小的手。銘心擡頭，一個長相清秀，笑得燦爛童真的女生臉在她視線裡放大。女生穿著純潔白的連衣裙，梳著可愛的小辮子，她伸出左手擺在銘心面前。「一起來玩吧。」這個長相清秀的女生連聲音都清脆的好聽，有耐看的面容，不是銘心討厭的類型。而銘心只是怔怔地望著她，她從沒想過自己會有朋友，至少她是這樣認為的。

「怎麼了？」看著銘心不知所措的神情，女生眨巴眨巴了眼，奇怪地望著銘心。

銘心確實呆了，她從沒結交過朋友，眼下的情況她並不知道該如何是好。

　　而女生只是笑了笑，坐在銘心旁邊男生空空的位置上，握住銘心的手，開口輕輕地說：「你叫文銘心嗎？嘿嘿。我叫鄧頻瑞，可以和你做朋友嗎？」

　　銘心呆得像個木偶，機械般地點點頭。她看到自己的第一個朋友高興得起身跳了起來，並拉起銘心的手，甩來甩去。

　　鄧頻瑞。鄧頻瑞……銘心默默地一遍遍念著。她記住了，她的第一個朋友，一個可愛的女生。

4、

　　如往常一樣來到學校。學校什麼也沒有變化，還是那些青草，那些芳花。只是銘心的生命因為一個人的出現改變了程式，那個人有個好聽的名字——鄧頻瑞——一個隨和的女生。

　　放下天藍色的書包，銘心拿出爸爸給自己新買的書翻來翻去。看著書的簡介，內容講故事人物經歷了重重艱險，與仙子並肩作戰，為世界奪得了安寧。或許其他人會覺得精彩無比，但銘心只是懶懶地說了句「無聊」，順手將書塞進了抽屜。

　　鄧頻瑞像個可愛的小兔子，剛進門就擠到銘心旁邊，拿出才「回歸」的書，乖乖地說：「看什麼書啊？」

　　銘心拉拉她的衣袖，說：「很難看。」

「仙子愛心？」小瑞念出書名，又報以笑容對著銘心，說：「不會吧？聽名字應該還行啊！」

小瑞堆出招牌微笑：嘴歪得老高，笑得臉都紅撲撲的，兩隻大眼睛瞬間化身，變成了掛在黑天上的月牙。嘿嘿嘿地笑著說：「銘心，可以借給我看看嗎？」

銘心點點頭：「送給你好了。」

「真的？謝謝哦。」小瑞跳啊跳的，精力好似永遠都用不完一樣。

銘心看在眼裡，笑在心裡，這時只想直呼三個字「卡哇伊」。

5、

運動會前體育 50 米跑步選拔測試，銘心用 9 秒鐘完成了測試。

銘心走到跑道邊，看著蓄勢待發的鄧頻瑞，默默為她打氣。小瑞站在出發點，看向心，銘心對著她點點頭，頻瑞笑了笑，又側過頭仔細聽著教練的發號令。

「GO！」有力的聲音響起，小瑞飛快跑了出去。雖然反應稍微慢了點，可還是很快追到了前面的同學。能參加田徑比賽一直是小瑞的願望，她想得獎拿回家讓父母開心，能把獎狀貼在房間空空的牆壁上，有客人來了，別人會表揚表揚她說：「頻瑞不錯，體育健將哦！」鄧頻瑞越想下去跑的速度越快。

兩聲甜甜的歡呼，銘心和小瑞以 9 秒的時間得到了一年級田徑比賽的資格。

　　銘心和小瑞一起笑啊笑，笑得好開心。小瑞掐掐銘心的臉臉，說：「銘心，笑起來很乖嘛，要多笑笑才好啊。」

　　然後拉起銘心的手，一起坐在教學樓門前梧桐樹下面的座位上，看看頭頂即將飄落的葉子，看看地上已離開樹枝懷抱的落葉，看看空中翱翔著的鳥，銘心的心情好舒暢，她不禁握緊瑞的手，生怕小瑞就這麼離開她了，所以把小瑞的手手握得緊緊的。

　　懵懂的銘心和小瑞怎會明白，即便是再親愛的朋友都會離自己而去，最後只會留下深深的回憶，在腦海裡一遍遍放映。

　　那時就只能說聲「我想你了」，只有這樣啊。

6、

　　今天太陽沒來按時上班，雨倒是下得挺勤。

　　雨淅瀝瀝地下，打著雨傘，銘心在司機的注視下緩緩走進學校。

　　操場上到處都是水窪，雨滴打在雨傘上時，分解成一顆顆小水滴，向外綻開，形成漂亮的小水花。

　　銘心來到教室，今天是來早了，除了自己就只有一片悶熱的空氣。放下書包，走到靠窗的座位站在窗前眺望。銘心裡問自己，今天的風景會不會不一樣？沒有答

案。銘心自己覺得可笑，便坐回自己的位置，把小熊花傘掛在課桌旁的鉤子上，很安靜。

雨越下越大，雨珠敲打在玻璃窗上發出很大的聲響，面對這麼大的動靜，銘心又走向窗前看著雨點落下。

模糊地看到校門口的電話亭裡有一個女孩在裡面躲著雨，銘心看看她的身邊，顯然她沒有傘而不敢走入雨中跑進學校，保安室的人也不知去了哪裡。

沒想那麼多，銘心取下雨傘，跑下了樓。來到女孩面前，女孩一臉的著急，五官都快擠在一塊了。銘心拉著女孩的手，硬是把她拉出了電話亭。撐開傘，把傘柄拿給女孩，什麼也沒說，什麼也沒等女孩說，頂著雨跑回教室。

銘心渾身濕透了，教室的地磚上也到處有銘心身上滴下的雨水。扶著欄杆來到廁所，銘心使勁擰了擰身上濕漉漉的衣服，甩了甩被雨水打濕依附在肩上的頭髮，回到教室，拿起拖把拖乾淨了地磚上的水。

打了個抖，坐在椅子上，十足的落湯雞樣。

7、

辦公室門口被不少人緊圍著，看著熱鬧，看著銘心的笑話。小瑞急得咬手指甲，搔搔頭，可也想不出什麼辦法。

銘心規規矩矩地站在李主任面前，低著腦袋，沒哭也不笑，倒是她的爸爸一臉的憤怒。「你看看吧，一個學生一身淋得這麼濕，像什麼話！而且問她原因她什麼都不回答。你看看，你看看。」李主任誇張地擺著手，還扯扯銘心的衣服演示，最後歎口氣，收回手。

　　銘心的爸爸有些無奈，但也只能安靜聽著李主任的碎碎念，並不發表感言。

　　李主任一個人嘮叨累了，擺弄著桌上的筆、本子，說：「真是一個怪異的孩子！文先生，你把孩子接回家換身乾淨的衣服好了。」

　　「好的，李主任麻煩你了。銘心，走。」文源拽起銘心的手，趕開圍觀的學生，出門，拉著銘心坐上豪華轎車。

　　銘心還是那麼冷靜，望著車窗外，銘心看到一個熟悉的身影在走進一年級教學樓，是那個在雨中不敢進校一直躲在電話亭的女孩。女孩手中拿著花傘，臉上甜美的笑容在這濕漉漉的雨天變成一縷微微發亮的陽光。

　　銘心看著這縷心裡有種說不出的高興，不知道為什麼。

8、

　　小熊花傘安靜地躺在銘心藍色的桌子上。上面可愛的咖啡色小熊，嘴巴張得大大的，手臂張牙舞爪的樣子

惹人青睞，小熊對著銘心進門的位置，就像在對著銘心甜甜地笑一樣。

銘心坐到自己的位置上，把傘放回抽屜時，也有一張卡片夾在抽屜的裡縫。

銘心看著卡片封面，是蠟筆描繪的兔子，兔子啃著鮮紅的紅蘿蔔，露出兩瓣兔牙。展開卡片，裡面有好多好多粉色的桃心，散落在不同的每個地方，正中間有一排歪歪斜斜，稚嫩的鋼筆字：「謝謝你的傘。」

簡潔的話，足以讓銘心溫暖好一陣子。

小瑞像個小幽靈，已經輕輕飄來坐到了銘心的身邊，看到卡片馬上叫了一聲：「哇，好乖的卡片哦。銘心，我要看看啦。」

銘心看著孩子氣的小瑞，好氣又好笑，卡片拿給小瑞，她也靠著小瑞又看著卡片，卡片上是銘心討厭的卡通形象，討厭的幼稚色調，但不懂為什麼，看著這張卡片，銘心卻生不出任何排斥的情緒。

9、

校門口嘰嘰喳喳的聲音不斷，家長一邊和身旁的人交換心得，一邊仔細地盯著教學樓門口，生怕錯過自己的孩子。

放學應該算是最熱鬧的時候了，不僅有家長，還有發傳單的，賣副食的。貪嘴的學生會掏出零花錢，買上幾包，幾串解饞。調皮的學生會笑嘻嘻地接過別人的

傳單，或折成勞動課上新學的東西，或撕成一塊塊的小碎紙。

天氣，晴。炙熱的陽光燒烤著大地。老一輩的家長用扇子涼快自己，年輕的家長熱得不停擦汗，有些人還時不時冒出幾句對天氣埋怨的話來。

銘心排在班級隊伍的第四排，她得感謝下班主任的安排吧，她能和小瑞牽牽手，同站一排，不用，面對不認識的人的嘴臉。

小瑞在銘心的耳邊講著好笑的笑話，銘心會抿嘴笑笑，並提醒小瑞小聲一點。班上的同學都知道副班主任音樂老師──蔣汶的厲害。要是被她聽見咬耳朵的聲音，非要跟你家長反映下才准走。小瑞聽到銘心的提醒，把音量降低到蚊子般的聲音。

隊伍出了校門，家長紛紛把自己的孩子領走了，心疼地責罵自己的孩子，關愛地與自己的孩子交談。小瑞拉著銘心的手，牽著她走到一位女人跟前。

這是小瑞的母親，一個和藹的女人。小瑞仰著頭大方地向她母親介紹：「媽媽，看，這是我的朋友哦。」

女人看看銘心，友好地笑著。銘心看著小瑞的母親，皮膚黝黑，穿著簡潔的工作服，一手提著皮質的包，一隻溫暖的手牽著小瑞。銘心也出於禮貌笑了笑。

為了高薪，進入文家當司機的莊師傅坐在豪華轎車上，似乎有些不耐煩了，急促地按著喇叭，刺耳的喇叭

聲，迫使銘心不得不離開朋友，坐車走回腦海裡地獄般的監牢。

10、

運動會日期逼近，參賽的同學都開始加緊訓練。

銘心和小瑞在小操場練習跑步，一個人計時，一個人開跑，一直反反復複地交換，直到汗水真的佈滿全臉，再也沒有力氣能跑了為止。銘心和小瑞大聲地喘著氣，兩個人一起坐在小操場的階梯上看別人跑，休息著。

一個女孩一直站在滑梯邊看著銘心和小瑞跑步，看到她們停下來休息，抓住機會走到她們面前。怯生生地開口說：「可不可以……」

小瑞擦擦臉上的汗，笑嘻嘻地站起來問：「呀，你不是我們班的……嗯，那什麼什麼宋喬倩嗎？什麼事啊？」

宋喬倩又說道：「可不可以教我……」

「好啊！教什麼啊？」不等她說完，急性子的瑞打斷女生的話。

喬倩尷尬地看著滿臉笑容和誠意的小瑞，小瑞意識到自己心急了，連忙道歉。她也笑了笑，接著說：「你們可不可以教我跑步啊？」

「好啊！我和銘心都很樂於助人哦。」沒經過大腦考慮，小瑞直接答應了她的請求。

宋喬倩看看仍然坐在階梯上，左望右望的銘心，問：「銘心是不是不願意啊？」

小瑞也順著喬倩的視線望向銘心，對著她嘿嘿一笑，說：「不會啊。她看跑步看出神了。」然後又輕輕搖搖銘心的頭，看著一臉茫然的銘心，說：「銘心啊，我們教喬倩跑步跑快點好不好啊？」

銘心看看小瑞身邊這個叫宋喬倩，雙手緊緊扣在身後，神情急切的女生，點點頭。

小瑞比女生還高興地跳了起來，大喊「好也，好也」。拉起銘心和喬倩，一路小跑地來到風雨大操場，和銘心一起教喬倩跑步。

熟悉多了，發現喬倩並不是那種膽小、軟弱的女生，反而很直接很堅強，即使跑步摔了跤擦破了皮也絕不讓眼淚往下掉。喬倩也和小瑞一樣十分可愛，蹦蹦跳跳地很開朗。

銘心又多了個朋友，有言說不出的高興。看著身邊兩個可愛的「活寶」，經常會發出無聲的笑，在臉上，在心裡。

11、

期盼的運動會來了，從老師把選手名單貼到門外的公告欄開始。

負責運動會的老師把主席臺上的主題改了，替換成小孩在活蹦亂跳的參賽。

「色調很悅目，但幼稚。」銘心說。

「好看啊，好看啊。我最喜歡可愛的娃娃人了。」小瑞笑著，咧開嘴跳著說。

「一般般啦，不美也不醜。」倩倩講完，露出了紅紅的舌頭。

銘心站在中間，左手牽著小瑞，右手拉著倩倩，好溫暖好溫暖啊。她們站成一排一起進校門。

校門旁樹下的長椅上，坐著一個有些胖的女生。穿著小熊維尼的服飾，梳著低低的馬尾辮，額頭上自然卷的頭髮有些淩亂跑到銘心面前，她「啊—啊—啊—」地叫喊著。

銘心歪歪頭，臉上的疑惑明顯在說著「什麼」？

「謝謝你哦。」女生說。

銘心還是不懂，不過這個人怎麼看起這麼面善。

「那個傘啊！忘記了嘛？」激動的女生有些小小的失望。

「哦……嗯，我想起來了，沒什麼的。」銘心笑了笑。

「嗯，還是謝謝你哦！」女生看著恍然大悟的銘心，失望一併打消，取而代之的是感激。「我一直在注意你呢，你很特別呢。」

「嗯？」銘心不記得除了那次下雨天外，還在那裡看過女孩。

一旁一直看著兩人對話的小瑞倒跳了起來：「哦！你是…你…」小瑞的記性總是超差的，即使腦子裡浮現著那個名字，那個樣子，也一時說不出來。

「我叫楊潔。就是1—4班的。銘心沒我的印象很正常。平時銘心除了你們兩個朋友，都不會理睬其他的人。而且我坐在銘心後面一排，比較遠了呢。」女生一口氣說完這一大串話。

小瑞激動著，銘心微笑著，倩倩高興著。

12、

運動會火辣辣地開始。

藝術體操隊的隊員正在賽場上表演。她們穿著鮮艷的服裝，拿著好看細長的彩帶舞來舞去，一會畫一個圈圈，一會勾一條波浪。她們的會心的笑容，加上多彩的動作，使得表演引人入勝。表演結束，深深地鞠了個躬，拿著彩帶像仙女一樣揮灑著離開，讓小瑞羨慕不已。

精彩的體操表演後，開始校長的口水話「音樂劇」。校長姓馬，是一位五十歲的中年婦女，一嘴的「川味普通話」。校長的「音樂劇」讓一些人困意襲來，不停地打著哈欠；還有一部分調皮的學生自己給自己找樂趣，和身旁的同學一起找著校長的口音毛病，還時不時地捧腹大笑，動作很是誇張。校長演講完，離場時，竟得到雷鳴般的掌聲，校長很得意，以為自己的演講十分

出色。她哪會想到，掌聲的原因是因為大家終於可以不再聽她的廢話「音樂劇」。

「口水話音樂劇」完後，接下來就是高年級花樣籃球隊的表演。他們敏捷的身手和精湛的技術令不少有籃球喜好的同學羨慕、眼紅。

籃球隊表演完，男生們拿著籃球帥帥地離開。學校大隊長和中隊長緊接著上臺，拿著臺詞稿子，念了不少對秋天的讚美，對運動會開始的激動心情。大隊長江玉琴也是一臉激動的樣子，笑著宣佈「田徑運動會」的開始。霎時，台下沸騰了，大家想著多日的努力終於有了展現的機會。

13、

一年級四個班的隊伍排得整整齊齊，男生排在賽道的左邊，女生則相反。現在是年級的接力賽。

先是男生開始起跑，張浩拿著接力棒，用最快速度迅速地跑到刁言羽面前，也準確無誤地把接力棒交到了她手上。來來回回跑了四五個同學，終於要輪到了早就迫不及待的小瑞。小瑞的身後站著文銘心，小瑞邊笑邊向後看看，臉上的笑容裡露出一些不易察覺的緊張。銘心抿抿嘴，點點頭，用這種方式為她打氣。小瑞接到了棒，很快就交到下一個同學的手上，過程沒有出一點差錯。小瑞站在男生賽道的後面，目不轉睛地盯著自己的

其他三位朋友。她們也發揮得很好，很快跑到左邊，和小瑞會合。

班主任嚴老師很聰明，在隊伍前面排上跑得快的同學，把跑得稍微慢點的放在中間，最後把最快的幾名同學排在後面來衝刺。

比賽很順利，沒有掉棒，大家都發揮得很好。可強中自有強中手，銘心的班級並沒有得到第一，大家幾天不懈努力想得到的成果就被二班奪走了。每個人都心有不甘，可也不能怪誰，只有下次努力了。

小瑞嘟著嘴，有點不開心。倩倩安慰她，說：「沒什麼，沒什麼的啦。下次我們一起加油！你也別不開心了。」銘心也點點頭，潔兒也跟著大家附和。

銘心搭搭小瑞的肩，說：「不要因為這個沒得到第一，就把下面 50 米的比賽也搞砸了哦！這樣就好劃不來了哦！」

小瑞聽著大家的話，心情好轉了。信誓旦旦地說：「對！50 米我一定要加油。」

她望望身旁的銘心和倩倩：「我們一起加油哦！」

潔兒裝作很可憐，被孤立的樣子，低下頭說：「我被「拋棄」了，哎，真可憐呢！」然後眼巴巴地望望銘心她們。這可把她們逗樂了，於是一起牽著潔兒的手，不約而同地說著「哪有哪有？」「沒有的事！」

14、

　　四個好朋友並排著一行，一起到門口保安室邊學校開放的冷飲店。

　　冷飲店大開著空調，剛從熱乎乎的外面進冷飲店時，每個人都彷彿感到透心涼般的涼爽。潔兒一進門就誇張地張開雙手，又站在掛式空調下抵著吹冷氣。其他三人也累得一起擠上皮沙發坐著。管理冷飲店的老師，按著她們的要求拿出冰箱裡的汽水，分發給她們。四個人如獲至寶，拿著汽水猛灌，三下五除二就洗白了一大半的汽水兄弟姊妹。

　　走出冷飲店，又只能擁抱炎熱的空氣。

　　汽水的涼爽在體內速度蒸發，喉嚨又變得幹幹的了。

　　銘心還想去買一瓶汽水，小瑞卻拉住了她的手腕，說道：「我爸爸媽媽說啊，汽水不能喝太多，你今天也別再買了。」銘心停下向前的腳步，笑著點點頭。

　　廣播裡傳來大隊長的聲音，宣佈一年級的 50 米賽開始。銘心和小瑞一同來到賽道準備好，倩倩和潔兒跑過來給她們打氣，鼓勵著她們。小瑞心裡的緊張消失了，取代了好多好多其他的情緒——努力、堅持、信心……銘心內心很激動，比小瑞能參加比賽還來得激動。越來越喜歡這些朋友了，堅強的、直白的她們帶給銘心好多的歡笑與快樂。銘心笑了，自己沒有發現，

可嘴角確實俏皮地揚了起來。瑞發現了，倩倩發現了，潔兒也發現了，大家都看到銘心一天天的變，變得話多了，變得會笑了。

15、

銘心被排到第一輪的比賽，離準備還有三分鐘的閒時間。

其餘三個班的人都利用三分鐘暫時休息著。銘心站在4號賽道上，專注地目視前方。

小瑞站在身後，小聲地同銘心說話，話題離不開「加油」「一定要努力爭取第一」之類。銘心把手伸到彎著的背後，小瑞看銘心的手，笑了，銘心的手指比著「OK」。

一直保持彎著腰就緒的動作，一動不動，說不緊張是假的，只是沒表現出來而已。

哨聲準時響起，小瑞的加油聲也那麼準時。倩倩和潔兒面色嚴肅，畢竟是人生裡的第一次運動會。其他同學也目不轉睛盯著平時怪異得特別的銘心，緊張地關注著這場單項賽。

銘心反應力很快，一開始就超過了其餘三位賽手。銘心跑著跑著心裡想起那些期盼，那些收到的鼓勵、祝福，眼前也是同學們注視的目光，跑的速度也快了不少，腳下像生風一般。兩邊擦過的風景，很模糊，模糊

得讓人不禁覺得好看，像油畫，抹上了淡色系大面積重複的色彩。

第一個衝破勝利線，所以理所當然的第一。

有歡呼聲，不熟的同學也向心湧過來，高興地笑。銘心跑到小瑞背後，輕輕拍拍她的背，小瑞側過頭，臉上有急出的汗。看到銘心，更多的是為她勝利的歡喜。

「要加油。」銘心又用右手比劃著「OK」。那個空心的圓裡是銘心衣服上芒果黃的星星，很好看。

「會的會的。」小瑞笑著回應，又微微抱怨地說：「裁判也是哈，要開始就開始好了，還一直不吹哨，急都急死人了。」說著說著嘟起了嘴。

剛抱怨完，裁判就像聽到了小瑞的投訴一樣，立馬吹哨喊了預備。銘心走到一邊，和小瑞一起等著哨聲開始。準確地起跑，盡自己最快的速度，然後和銘心一樣，得到歡呼，別人眼紅紅地又羨慕又嫉妒。

就這麼結束。運動會在歡呼、緊張、與淚水裡，劃下句號。

16、

運動會雖然結束了，可同學們的心好像還在賽場上，腦子裡還是那些情景。

有時候望望牆上貼著的榮譽，都會很激動地說「想一直開運動會，不上課多好」。只不過是異想天開。

銘心的獎狀沒有帶回家，卷著，在抽屜裡安靜地躺著。

小瑞拿到獎狀後早就開開心心地回家報喜了，得到不少親戚的稱讚。小瑞別提多高興了，一直捧著獎狀啊看來看去，做任何事情都把獎狀帶在身邊，就像是她最珍貴的寶物一樣。

日子還是和平時一樣，一天天地過。

銘心和小瑞有空了也會教下倩倩跑步怎麼能快點；潔兒常常會買關於「東方神起」的書來一本本仔細的看，害得銘心也被感染了，成了東方神起忠實的仙後；為集體奪得了榮譽，當然銘心身邊的朋友也越來越多了，銘心不再拒人於千里之外，大家天天在一起有說有笑，開心極了。

銘心變了，不再怪異地一個人呆著，沒有特別，但多了份隨和。只是在家裡還是那麼板著臉，一面嚴肅，一直怪可怕的樣子。

17、

有時候走進校門，小瑞會很羨慕地看看學姐學長飄揚在胸前鮮艷的紅領巾。

小瑞會搓著手，站立不動著說：「啊～看看他們多好，我們多可憐，要等到下學期才能入隊吶。」然後提一提書包，裝作很悲哀的樣子歎口氣，一進教學樓就又和朋友打鬧成一團。

潔兒每次都開玩笑般輕輕錘一下小瑞的背，說：「你啊，變來變去，真是的。」

　　倩倩會看戲一樣地盯著，很開心地笑著。

　　銘心手捧潔兒的至寶「東方神起豆花特刊」，上樓時扶著樓梯慢慢走，下樓就一步步地跳，眼睛就不離開那本厚厚的書。要是有人動一動她面前的書就會可怕地瞪著他，嚇得對方會自動把書還回來。小瑞他們一堆「姊妹團」的人也不例外。

　　不曉得從什麼時候開始，男生們在不知不覺之間都意見一致地成立了一個「探老師特工組」。預備鈴一拉響，小組的隊員會很負責地分別在前門後門守候。大膽一點的會直接跑到老師辦公室門口，一步步小心翼翼地探著小跑過去，靠著牆躲在辦公室的一邊，就像打 CS 躲避敵人的子彈一樣。在最開始之前，隊裡還有好奇的女同學呢。

　　埋伏在辦公室門邊的人，只要一看到老師有什麼動靜，或許是一起身、拿上書本、抽抽椅子就會以飛快的速度，踮著腳尖跑回教室，小聲地吼一聲「老師來了」，所有人立馬「正襟危坐」，收拾好課本，迎接老師。

　　老師走進教室，看看「聽話」的學生，點點頭表揚幾句然後開始上課，講臺下一片得意的笑臉。

18、

嚴老師手裡拿著一大疊白色有些偏黃的紙，上面有一排排中規中矩的密密麻麻的黑體印刷字。嚴老師從這疊紙裡隨意抽出一張，把它的左面上側放在展示平臺上。

大家都知道，這叫試卷，是用來檢測大家這段時間的學習狀況的。知道這些紙的名稱，無非就是從家人或兄長那裡聽來的。

嚴老師指著左面上側的比其他稍微大一些的字，說：「這是半期考試試卷。試卷不難，題也不多，只是檢測一下你們最近的學習成績。現在開始老師會針對這張試卷上的題型來給大家複習，三天後開始半期考試。考試成績是要拿回家給家長彙報簽字的，為了以防被打，每個人最好都認真複習。」

說完，老師拿起卷子放到一邊，拿上白色粉筆在大大的黑板寫下題目給大家複習。

教室鴉雀無聲，調皮的人也不在下面講話做小動作了，安靜地把一道道題目抄上筆記本，一題題仔細地做。畢竟沒有人想被大人打。大家心裡也明白，就像上次運動會一樣，或許這又是一次挑戰，又是一次能證明自己有多大能耐和實力的機會。

19、

中午吃完學校準備的飯菜，一個半小時的休息時間教室裡竟然還有很多人在認真地複習功課。這可是「罕見的奇觀」。

老師回了辦公室，三三兩兩的人前後地圍起來。一起拿著課本讀拼音，再把字母一個個的寫在習字本上。

銘心和小瑞她們擠在一起，四個人坐兩個人的位置確實有些勉強，寫字的手也很容易碰到，然後本子上會出現一筆筆墨蹟。兩個人對著尷尬地笑一笑，又不再計較什麼就和好了。潔兒給前面的白聯和張筱月說借一下位置，然後他們兩人自動坐到旁邊其他位置，讓銘心和小瑞坐在了上面。休息時間換位坐的事是經常有的，被看到也不會說什麼，這個班級的每個人都是那麼大方。

四個人圍成一個方形，兩個對兩個地坐著，一邊聊聊天，一邊複習功課。聊著聊著，習字本的一頁頁也不知道什麼時候就寫滿了。四個人都放下筆，收好本子，繼續閒聊。

話說得很多，從早上吃了什麼好吃的到自己喜歡什麼東西。

閒聊時，潔兒提了一個詞「畢業」。

「你們曉不曉得畢業是什麼呀？」潔兒問她們，「我經常從姐姐口裡聽到這個詞。」

現在的她們怎麼會知道，紛紛搖搖頭。連這兩個字是什麼樣子都不懂，那會知道它的含義。

畢業＝分離。可能是暫時的，還可以約出來聚一聚；也可能是永遠的，再也看不到朝夕相處六年的同學。這個詞是殘忍的，可以成為朋友再也看不到的藉口，也能是讓這些情誼越來越淡的罪魁禍首。

20、

複習的日期過了，還沒拉上課鈴，嚴老師就拿起試卷踩著高跟鞋走進了教室，原本鬧哄哄的教室立馬安靜下來。

為了防止同學們作弊、相互對答案、聊天，在老師的監督下一個個拉開與同桌之間的距離。

拉好位置，都很聽話的坐在座位上，等待著拉響鈴聲，發試卷的那一刻。

鈴聲一奏起，試卷就發到了每個人的手上，唰唰唰的筆尖聲也不停地響起。

教室裡好安靜，以前有「好動症」的同學都在埋頭認真答題。一向喜歡熱鬧的小瑞多少有些不習慣，可嚴老師盯著，又不敢找人聊天解解悶，只好忍下來繼續苦幹。

那時的他們還不懂，還不知道在這種情況下可以偷偷問問別人試題的答案，所以即便做不上的題也只能自

己抱著頭冥思苦想。心裡還會不停地念叨著:「哎,快點下課快點下課。考試才沒有運動會好玩呢。」

就像老師說的,試題不難,也不會很多。每個人的效率好像都是一樣的,整個班拿起尺子一起做連線題,整個班一起拿著筆寫拼音,都是那麼默契、彼此心有靈犀。

第一次考試,沒有一個人作弊,嚴老師擡一擡眼鏡,滿意地點著頭。

時間在安靜的氣氛裡一分一秒地流過,很快上課又到下課。考試結束了。從後往前的傳上試卷,嚴老師把所有卷子放在一起,理一理,又踩起高跟鞋「篤…篤…篤」地走回辦公室。

老師的腳步剛踏進辦公室口,每個人都像解放一樣,又很有默契的一起大吼起來。

以後的考試,沒有任何人再期待了。等待鈴聲的時候不會像第一次一樣想:鈴聲是多麼的神聖,只會覺得鈴聲響了,假性的死亡時間也隨著來了。畢竟考試沒有運動會那麼好玩。

21、

潔兒是很相信星座的。

家裡大大小小的星座占卜書怎麼也有十七八本,堆滿了小半部分的書架。剩下都有什麼東方神起、sj-m 的炫酷寫真、海報、專輯、CD。童話書只有兩三本,潔

兒不相信童話，她覺得童話世界裡的故事都是憑空虛構，在現實裡絕不可能實現。

倩倩很喜歡看唯美浪漫的言情故事。

有時候看得入迷了，會開口閉口都是這本書的經典橋段，夢幻劇情。心裡還會不停地想著白馬王子，守護騎士的出現。稍微再嚴重點，還會把自己幻想成故事裡的女主角，想著自己經歷了這麼多就「咯咯咯」地大笑。故事悲哀了，自己難過得痛哭，罵著作者為什麼要這麼折磨相愛的兩個人。小瑞都說她「病入膏肓」。

小瑞一如既往地看著偶像劇。

和倩倩一樣，小瑞也喜歡浪漫的故事，但看書她是靜不下來的，守著電視她倒願意。搞笑的部分不顧形象地笑出來，悲傷的部分扯著紙巾哭它個一塌糊塗。但她和倩倩還是有所不同，在別人面前她不會表現得特別明顯。

銘心的確改變了不少。

她變得可以說出「交你們這堆朋友真好」這種暖心的話了。

（寫於 2009 年小學畢業時）

105

草魚（虛構短篇）

1.

整整三個月的小範圍抵抗後，縣政府還是征走了這片地。背陽的山腳下林木潦草，石礫大肆佔有地表，靜默地、徹底地，以一種南方常見的野蠻與暴力，拒絕了光的流入。作為一方地處偏僻的野魚塘，這裡常年間的往來稀疏，似乎入情入理。於是它的消失，註定不會激起太大波瀾。

那是老頭下崗後最愛去的地方。小馬紮放上踏板，餌料、線組類的物什塞進釣箱，再將魚竿裝入杆桶，和釣箱一起綁在電動車的後座。一頓胡塞的午飯後，騎車來到三十分鐘開外的魚塘消磨整個下午，直到天一擦黑時趕回去。除了無序的雨季和偶發的身體不適，他遵循著如此慣例，幾年來幾乎從未間斷。踉蹌地、馱著長長杆桶的他，總會在公路上虜獲不少年輕人的側目。三秒的一瞥、五秒的打量、十秒的注視。濡濕的目光如觸角死死將他黏附，令他心生不安。是他們聞到自己指間的魚腥味了嗎？還是單純因為他的存在？在頭髮一根根地白去後，他決定不再理會。

「畢竟，」他想，「人們能指望一個老頭有什麼別的消遣呢？」

106

實際上到後來，對於這些或好奇或惡意的目光，老頭還有一點兒享受。享受他們不得不出於某種原因而關注他，享受他們無法像穿過風一樣輕易穿過他的年老。

填塘的工程安排在三月，征地的消息早已張貼。在野釣者和工程隊的談判失敗後，沒人想繼續碰一鼻子灰。獨獨他監工似的，隔一天來一趟，不厭其煩。依舊騎著電動車，依舊攜著滿滿當當的裝備，只是不再揮桿了。魚塘被抽乾的那一刻，他才發現這池子裡再沒有剩下多少魚。那些廢棄前被人工投餵的魚苗、自泥巴裡長出來的魚苗，持續地出現又消失。它們一代代地繁殖，再一代代地死去，一成不變的外表下，沒有性格也沒有感知，而針對它們的殺戮也因此顯得合理和正義。難怪在最近的一個月間，老頭總是空桶而歸。不過魚雖少，那一排排暴露在地表上的屍體也足夠生發惡臭。如果工人們有面罩，或是隨便什麼能堵住鼻孔的東西，他們會毫不猶豫地戴上。

山腳下，泥頭車巨大的軀幹在露天公廁邊無助地抖顫，抖得滿坡雷鳴。相比起老頭記憶裡的童年鄉鎮上那一陣陣可怖的鐵軌聲，此時此刻，這片大地被撕扯開的叫喊顯得更加龐大、散亂。老頭也只作目不轉睛，眼神拼命抓住那堆死魚。浮在空中的發酸的氣息，夾雜著乾裂的地表的熱氣，彷彿在昭顯著屍體的能量，不容許他錯開一眼。很長的一段時間裡，工人們在私底下對老頭

的身份起了猜疑，但他的古怪中常常透出某種認真，久而久之，大家便權當他是這處野魚塘的老闆。

泥沙一寸寸地澆落在魚群上，海嘯似的土色漸漸阻絕了他的視野。離開時，老頭頻頻回望，可除了那隱隱的暗啞，卻是什麼也看不見了。老頭一邊發動電動車，嘴裡一邊嘀咕，「好端端在這兒十幾年的魚塘，怎麼會突然變成違章建築呢？」沒人為他解答。

轟隆的喊叫下，卸沙依然在疲遝進行。揚塵間，施工隊伍變得越來越細小。工人們說，聰明一點兒的垂釣者早會分辨，知道此地幾近廢土。它的晝很短，夜過於長。長長的黑夜從來都不是漁獲的保障。他們要在這塊窟窿上建起高樓，一棟比他們所有人疊起來還要高的樓。人氣會因此來到這個偏僻的角落，人們會在這裡安家、落戶，一代接一代。他們說，這是進化、進步，是新生。

魚鱗上淅瀝散落的水珠混合了血液，齊齊撞開魚群的皮脂，撞開厚重的沙土，而後漸次蒸發。空氣中忽地彌漫起雨霧，那是夏天第一場暴雨的先兆。

2.

沒有了魚塘，一時間，老頭不知道怎麼打發掉多出來的下午。六個或七個小時，三分之一天，時鐘的一百八十度，從未如今天一樣漫長。

陣雨綿綿地下，如同來來回回穿起的縫線。起針、落線，一絲絲將整個城市嵌在了蒸汽裡。雨下了幾天，老頭就在家中悶了幾天，他像被細線纏住了似的，怎麼也直不起腰來。望著立在牆角的長節杆，來不及等雨停下，老頭終於還是耐不住性子。他帶上往常的裝備，懷著一種迫切，在傍晚時分騎車開往江邊。

　　老頭逆行在自行車道上，車輪匆匆碾過地上的水溝，水珠又復爾落上他的襯衫。他回想著，頗費周折地，才找了那一片印象中的水域。水域邊已長滿一人高的蘆葦蕩，叢叢青色將其圍起，呈現出荒廢已久的樣子。不過，如果瞧得仔細，也不難發現植被上有一道淺淺的路痕。他掏出黑色的防曬面罩掛在頭上，只從眼窩處露出一雙溝壑萬千的眼睛來。黑色的面罩、黑色的馬紮和黑色的釣竿，整個人都快溶進這夜色裡了。坐上馬紮，他把麵團掛上魚鉤。眼前是被風吹皺的江面，耳邊是稀稀落落的蟲鳴，老頭緊繃的身體重又舒展開來。他感覺身上的細線剝落了，霧氣也消散了，一切回到最初始的形態。那裡不是一團黑色的寂滅，那裡的空中浮著好多泥沙，而魚都在雲層上起舞。

　　蘆葦上的蚱蜢忽然尖叫著跳開，遠處閃過一道白色的手電筒光，不近情理的人造光將四下驚擾，在江面上影影綽綽。老頭趕忙收起馬紮，收緊魚線，他摸了摸臉，確定面罩還在自己頭上，憑著記憶找到旁側的路痕，回到了大道上。

數日的消沉後，老頭決心不再冒險。他已經沒幾年好活了，犯不著給自己找不痛快，做一些違法的事情。幾番奔走，老頭讓居委會幫忙將房子掛出物色買主，而自己搬家到了三十裡外的西郊。搬離住了小半輩子的家倒不是費氣力的事，對於他來說，生活只是平鋪成四平方米大小的三個紙箱，除此之外，沒有什麼捨不得、帶不走的東西。哪怕是在整理雜物時翻出來的家庭相冊，片刻細想後，也被他重新鎖進了櫃子。一些東西惟有留在它原本存在的地方才具有意義，他想。不過真到了搬家的那天，老頭還是充滿些許窘困的。電動車平時跑跑可以，三個紙箱是無論如何都捆不上了，自己又不會時下新潮的手機軟體，思前想後，他提起市場買來的兩條鮮魚，叩響了此前無甚交集的鄰居家的鐵門。

　　搬家的日子選定在一個久逢的大晴天。天是頂藍的天，地是滾燙的地，四下望去，杳無邊際，宛如江流一樣不見頭尾。老頭忙上忙下搬動著紙箱，任憑汗珠、油脂從腦門上、從脖頸上滴往地心。時過半晌，鄰居在送完白天的貨件後急急趕來，和老頭合力將紙箱擡上了車尾。他身上的汗味比老頭更甚，汗珠自膝處淌下，連淺灰色的上衣後背上都掛滿了白色的鹽晶。坐在絲毫無法挪動的麵包車裡，倆人的汗漬慢慢將車椅浸濕。近二十分鐘的沉默後，他們的話頭從對堵車的咒罵開始了。

　　「幹，這才幾點啊。」言語間的憤怒快將指間的香煙攔腰折斷。

「嗯，人太多。」

「他媽的，想撒個尿都沒處去。」

鄰居是一年多前以貸款的形式從那對離婚的夫妻手裡買下隔壁的房子的。老頭記起鄰居剛搬進來的當天，嘴裡老掛著粗話的他，因為將麵包車停在了樓道口的緣故而和保安起過一場不小的爭執。屋外的人都聚在四周聽，屋裡的人都探出頭來看。那時，他就在心裡盤算，走了兩個大喇叭搬來一個惹禍精，又沒清淨日子過囉。卻不曾料想，後來的鄰居再沒有惹過什麼亂子，只是吃飯、生活，像他一樣。有時候，他甚至會幫忙把老頭留在樓道裡的垃圾袋帶去垃圾站丟掉。日子一天天慢悠悠地過，可是他那間無時無刻都整潔的門前，從來沒有過訪客。

一來二往，倆人都放下些戒備。鄰居開始談起自己。他談起這十年裡起早貪黑做重貨的經歷，這份工作如何帶給他一筆積蓄，又如何蒸發了他的時間。他說，每逢幾日休假，他都會去參加現在時下流行的看房團，那是他生活中結識異性的唯一途徑。

「你只要給仲介幾十塊錢意思意思就能參加，去了那兒都是包吃包住的，當旅遊了。之前我還是這麼認識過幾個女人，但都是一上來就要求在城裡有車有房。」

鄰居猛吸完最後一口煙屁股，把煙頭彈向高速路旁的護牆，手在風裡摸了兩把，又將車窗快速搖上了。狹小的車裡，雜糅著五月所特有的粘濕空氣，和被囚困

111

在空間裡的二手煙味。老頭覺得全身焦灼，活像被綁在烈日下的瓷磚上，動彈不得。鄰居講話完全是自我式的，講久了會心生自憐，覺得發生在他身上的一切全因壞運。老頭甚至想破口大罵出來，想抓起那包雙喜煙甩在他臉上。這個比自己小十多歲的男人看著也是個精明人，怎麼會不懂去參加看房團的女人們在乎什麼這麼簡單的道理呢？幾秒的沉默後，他把襯衫袖子挽上肩頭，衣角從褲頭裡扯了出來。他的唇隙開了又合上，最後什麼也沒說。

「你離婚了嗎？」鄰居擺弄了幾下後視鏡，問道。對於一個在晚年獨自搬家的老人，這或許是最合理的猜測。

「我沒結過婚，沒機會離婚呢！」對話就這麼收尾了。

也不是故意信奉、順從了什麼主義才造成了他現在的不婚，你要知道，他從來不是一個標新立異的人，也沒有萌生過貫徹某種生活方式的念頭。車輛突然流動開來，以毫米為度量地緩緩挪動，逆風擊打在緊閉的窗面上，一些從前再次纖毫畢現。

說起來甚至有點兒害臊，他雖不跟鄰居一樣狂熱地盼望經歷一段婚姻，企圖用婚姻完整自己，但他還是渴望女人的肉體的，只是沒有人會去在意一個半頭白髮的老人的欲求了。對於一切象徵歡娛的體驗，年輕人理所當然地認為它們應該隨著年齡消失掉，從空間退場，把

世界讓出。於是白髮、皺皮和老人斑一起，將吸引力關進牢籠，判以死刑。只是在這多情的季節裡，一株植物尚有渴求，顫巍著結出花瓣，向世間展露性器，而年老者身上所散發的能量，哪怕不再露骨、潮濕，和他們的日子一起走向乾枯，也無法當作是毫不存在的。

不過人越老，眼珠越灰涸，他的嗅覺卻越加敏銳。每次等紅綠燈犯迷糊時，老頭的身體趨近停滯，鼻子卻還在自行運作。他曾告訴我說，好看的女人身上都帶有一股獨特的氣味。憑著氣味，他能區分出從他面前走過的女人是多大年紀；靠著鼻子，便能判斷她值不值得自己撐一下眼皮。那些氣味像湍湍溪流中不停向內收緊的魚線，而他是一尾被擬餌誘惑的老魚。每當此時，成百上千個描寫陰柔之美的詞彙會通通湧入他的腦子，相互衝撞著，拉湊出一段段文字來。

曼妙。

嬌媚。

風韻。

社區路口，女學生緊繃的褲腿裡的曼妙。

餐館門口，女服務員額頭上滲出的汗珠裡的嬌媚。

菜市場口，女婦人燙卷的髮絲裡的風韻。

但他已然是很久沒有寫過什麼文章了。一拿起鋼筆，他的手就直犯哆嗦。有時候把筆摔落，有時候墨滴濺往四周。不知道是因為太老，還是以前留下來的後遺症。

113

3.

　　老頭上職高的幾年間，正是鋼筆最時興的時候。擦得鋥亮的鋼筆插進襯衫的左胸口袋，手裡拿著十六開大小的記事本，走到哪兒都寫上那麼一兩句，是包括他在內的男同學們最拿手的動作。取下鋼筆的手法講究一份從容，那一份從容是自我訓練的成果，節奏要在快與慢間往復，下筆的第一劃才不至於在紙張上漫開。

　　他們寫想到的一切，寫那些幸福的、向上的、巨大的文字，好像世間的真理都在自己的筆尖上了。自那時起，他就偏愛給女同學寫詩，偶爾也會寫到大人物。寫前者時他是重情義的浪子，寫後者時他又化身為國獻身的戰士。

　　十六開的記事本寫完了一本接一本，鋼筆還是最耐用的那一支。慢慢地，他的人生變成他筆下的文字。直到有一天，他的人生被發黃的字跡代表。當和自己因午飯而起爭執的大學室友領著肩頭別著特別年代的特別標記的宿管來到宿舍時，當他們在他面前將一摞摞記事本從他的床墊下掏出，一頁頁地翻看著、叫罵著時，對每一個遣詞造句、每一個標點符號都敏感都質疑，不知怎麼的他便被判了罪。在那個荒誕瘋狂的年代。什麼意想不到的事都有可能發生。

　　二十歲時的老頭，想過靠筆桿子賺錢，想過考取教師資格證，想過在二十五歲做父親；三十歲時的老頭，

平反後拿到一筆不小的補償，被分配進了國營工廠做文職，兩點一線的生活圈子裡只有幾個無甚交集的已婚女同志；四十歲時，作為鎮上第一波下崗的光棍，他已經沒什麼本錢挑三揀四了。於是日子把他一天天推到了這裡，萬般無奈之下，他便覺得這樣下去倒也不錯。

4.

因為不熟悉新住址的緣故，老頭今天出門晚了些。這片街區已是車貼著車，人貼著人。馬路的瀝青被無數隻來來往往的輪胎割得發亮，割出兩道深深的溝來，像活字一樣工整。這是六月的第一天，他感覺那種毒辣的氣候來得一年比一年早了。熱氣如藤蔓，柔柔地爬上他的身體，在他的皮膚上蜿蜒，在皺皮間生髮出枝葉。幾個暴雨的夜晚後，這樣的熱和悶顯得越發不能忍受。老頭拿出殘缺的麻將涼席，像去年、前年和大前年一樣，把它裁剪成屁股大小，系緊在電瓶車的座墊上。他沖著車輪潑了兩大盆清水，希望輪轂間藏著的夏天能消退一些。只是，今天他的目的地不再是那片背陽的魚塘。

販賣著各種動物式樣的氫氣球商販從路上大搖大擺地走過，他走過的每一處，都留下一個扯著嗓子向父母央求的小孩兒。孩子們穿得繽紛斑斕，卻都哭喪著一張臉。老頭這才想起來今天是兒童節。大概也是因為這個緣故，西郊的魚塘飯莊擠滿了人，一眼望去，大多都是父母帶著孩子，間或有幾個獨釣的男人。四面八方齊齊

湧來的談話聲，或高頻或低頻，此起彼伏，彷彿十輛泥頭車一同在向魚塘逼近，向耳背的老頭逼近。

老頭付了錢，挑上一處最不起眼的釣位坐了下來。出於意料地，角落的漁獲久違地不錯。他想，一定是小孩兒們的吵鬧將魚都驅趕到了這裡。盯著桶裡的一條草魚和另一條個頭較細的鯽魚，老頭的心境稍稍平復下來。他拿起那條還未長成的小鯽魚擺弄了擺弄，而後放回了池中。頃刻間，小魚苗消失了，彷彿知道自己只剩這一次機會似的，朝漩渦中拼命向下紮去。

老頭從腰間的鑰匙扣上取下一把隨身攜帶的折疊水果刀——這是他常年來養成的習慣，每次釣起魚，他就會即刻將其開膛破肚。有些人偏好把魚帶回家裡的帆布池養幾天，他不這樣，倒不是因為家裡沒有池子，只是一來活魚不方便放進釣箱，二來他認定這是極虛偽甚至歹毒的做法。如果在被推搡來推搡去的批鬥會上有人能站出來給他那麼幾槍——砰！砰！砰！他想，他會極感激。

抓起那條滑溜的草魚，幾滴鮮血順著魚鉤流向老頭的手心。他五指稍稍用力握緊，把魚頭朝著桶邊猛摔打幾下，旁邊椅子上坐著的男孩忽然叫出聲來。草魚最後抖了一下尾巴，暫時的失去了意識。老頭擡起頭，只見尖叫的男孩眯著眼睛，臉上是一副想看又不敢看的神情。男孩的爸爸挪了挪屁股下的凳子，把男孩護在身後，朝老頭走了過來。

116

「您好，老人家，」這是小孩爸爸的聲音，「打擾了，能不能麻煩您一會兒回了家再殺魚？小孩子看見總歸是不好的。」

似乎死亡離小孩是一個遙遠且不可觸的命題。他聳聳肩，沒應聲，動作倒是停下了。

「謝謝。」彷彿是對自己的請求感到不好意思，小孩的爸爸道完謝並沒有要坐回去的意思。

「您一個人來的嗎？」站立片刻，男人終於搜腸刮肚想出來一個話頭。

「嗯。」

「兒童節沒帶孫子過來一起玩玩？」

「沒。」

「哦。您看著挺年輕，應該還沒退休吧，是做什麼的呀？」

「真煩！」他心下一啐，不過一張口卻說自己是個作家。

今天的老頭穿著一件起毛的襯衫，襯衫已經洗得很薄很薄。伴著一聲嗓子裡擠出來的輕咳，他悄悄夾緊腋下的兩塊發黃的印記。那頭過於疏鬆又不至凌亂的白髮懶洋洋地披在頸後，一邊說著，他一邊指了指釣桶上的鋼筆和十六開記事本。父親介入談話後，男孩早已對殺魚喪失了好奇，蹦跳著離開了釣台，跑到飯莊裡去了。男人聽到答覆也只是點點頭，神色間沒有想深問下去的

意思。老頭覺得一定是因為自己這身行頭不錯，所以沒有人懷疑他到底是不是個作家。

灼人的太陽漸漸西沉，拋下這片魚塘，老頭全身的毛孔終於得以喘息。他撿拾起漁具和馬紮，把釣桶扣緊重新綁上後座，在暮色四合中離開。騎車回程的路上跟來時一樣不順，全世界的人都好像擠在了這個窄窄的縣城。老頭想，自己是不是不應該在一時衝動下搬家，是不是應該找一個別的什麼愛好去填滿空蕩的下午。

朱中路的交叉路口上，今天的第十九個紅綠燈將他攔下。他忽然聞到一股好看的女人的味道。一輛朝右行駛的公車緊貼著老頭的電動車開過，將他的視野完完整整地擋住了。公車外殼上貼滿四面的竹葉粽廣告晃得他眼睛生疼，骨頭發綠。

「離端午還有整整半個月，人們到底在著急什麼啊？」釣桶裡，傳來那條蘇醒的草魚奮力衝撞塑膠的聲響。

老頭突然想起那年的端午，或者說，依照嗅覺上的記憶，那天理應是端午。那個騎著自行車在空蕩的大街上，等待無數個紅綠燈將他放行的晚上。那年，在玻璃廠上班的表姐提出給老頭介紹一位和他一樣，因為入過獄而遲遲未婚的女同志。沒等老頭表態，一旁的父母已趕忙答應下來，嘴裡不住地向表姐道謝。老頭的性格裡，有一種脆弱的、私人的東西，使他對於事態的反應總比常人遲緩。但唯獨在相親這件事情上，在他父母連

118

聲說著「謝謝、謝謝」的瞬間，他生平第一次很快地為自己的人生做出了抉擇。

相親的日子，是一個如今天一樣萬里無雲的夏天。母親在灶房裡忙活著擇菜，父親叫他出門捎一斤豬肉回來，老頭騎上自行車離家，四處遛彎，一夜未歸。入夜後，他確信路上沒有熟人會認出他來。他騎回離家不遠處的工廠門口，坐在臺階上，百無聊賴地，他把工廠門口的紅漆色標語在心中默讀了成千上萬遍。

「高高興興上班，平平安安回家。」

「高高興興上班，平平安安回家。」

「高高興興上班，平平安安回家！」

自然而然地，老頭的婚事告吹了。那時，老頭還不是現在的老頭，但是他已經有一種直覺，他知道那是這輩子最後的結婚機會。只是女方的出身實在令他不安，很顯然，他對年輕時那個瘋狂而荒謬的時代仍心有餘悸。他不確定自己還有沒有選擇的餘地，他不知道這樣的他到底是活著，還是在等死。

拐角處，最後一個紅綠燈扭扭捏捏地將老頭放行。他在街口停好電動車，走過一樓那幾間燈火如畫的屋子。每一家的視窗都像打翻了飯菜，從裡面幽幽地飄散出香氣來。老頭慢慢地、深深地、近乎留戀地吸了幾口。

老頭爬上七樓，回到自己的新家。他習慣性地向玄關左側摸去，摸了半天，什麼也沒碰著，他這才突然想

起屋子的電源開關在幾步遠的鞋櫃上。借著黑，老頭卸下手中的釣桶，手指在鞋櫃上方四下摸索。「呲——」，白熾燈晃悠地亮了起來。他拿出洗手台下的腳盆，輕輕倒出釣桶裡那條半死未死的草魚。草魚的小部分血早已在桶壁凝結，幾番撲騰下，更多的滾燙的紅色自它受傷的頭部滴落。老頭一手抓起草魚，一手取下腰間的水果刀，朝著魚肚重重割去。動作間，他的胸口一陣沒來由地刺痛。

天花板上懸掛著的鎢絲燈輕聲地嗚嗚，一樓的某間屋子裡傳來陌生小孩大哭的聲音。老頭是新時代的老頭，活在享有完善的醫療保障和社會福利的世界裡。前兩天，電視上播放著的新聞說，中國的人均預期壽命已經達到了七十歲。嚴謹的、科學的統計學告訴他，他還有十年可活。他沒什麼好怕的。

（寫於 2021 年 6 月 24 日）

四 詩歌

禮拜

在禮拜一
它們被丟進器皿
沖沖撞撞　妄圖撕開空氣

在禮拜二
它們被封入空間
車走人走　抓住片刻呼吸

等有一天
它們屍骨分解　在某場節日宴會
杯盤被清洗　放置　重新
而它們中的一些　排隊在每個季節死去

單數的日子它們像我
偶數的日子它們像你
也許相反

我們吞下它們
火種咀嚼我們
也許相反

2020.04.30

無毛之地

乾枯了，傾盆大口的地表
裂進老者的皮膚
撕扯喉嚨在風裡叫喊著渴
渾濁的眼珠生不出一滴淚

這個地方好似生了病
不然怎會有這樣垂死的纖維

吹起了，如汁遊動的黃沙
染進駝群的奶水
軀幹跌落在地擊出重響
直至生蛆的膝蓋被人埋葬

這個地方好似生了病
不然怎會有這樣灰黃的塵世

於是嘶吼散在風裡，不被聽見
於是乳汁滲入地底，無人舔舐

而旱土緊挨旱土，生命交換生命
無休止地重複
重複是這大地永恆的命題

蛀空

皮肉殘敗在舊水溝
或是蠟色的空想，或是背脊
在無限彎弓

或是天底下的每一片枯葉
爭相逃離她的掃帚，又非要
向她討一個訴求

它們問，「是否刻下今天的厭惡，
鐵銹就會零星剝露？」
念頭總隨厄運起伏，如同此刻
她藏身於瀝青的歸宿

直到日子無謂重複
生命成為一場月食的遠古

而某天，生活向她轉了背面
風暴不會把消息傳得太遠
以殘殺起始的，也終將
以殘殺結束

2021.08.24

短途

那天早上灼燒的夜鶯，
譁然否定了她的清晨。

白色，依次創造；
黑色，逐幀重啟。
慘白奪走她的晚上，
像一聲不可聞的
歎息。

她無法判定，
這是黑夜出走的圖謀，
還是一場失火的來世。

從惶惑的世相手中，
小孩接過正午的美酒。
玻璃，宣告破碎；
迷霧，永遠包圍。

她的舌尖輕舔紅色的
曠野，便在一切語言之上。

2021.09.09

125

失焦

親愛的朋友，快謄抄最後的
話語，用你濕漉的指腹，或
張合的齒間
剝開，寫下
塗改，再寫
請不要憂心，在這雨夜

忘掉手邊緊鎖的車門
「別害羞」
忘掉皮膚滲血的抓痕
「靠近一點」
忘掉腦中刺耳的交響
「服從」
你最好全都忘掉，再
——原諒

你病了太久，我知道
你質疑一些語言
你咒罵時間漫長
但，寫，請接著寫下去
抵達另一世界的暗喻
至此，罪惡將被處決

開門，叩響；
跑，再跑！
雙腳摔入沒膝的深藍
誰也不會找到這裡

走進去吧，走遠
離開失焦的月光，車把
和磨砂窗
這是一場怪誕的
遊戲，一種象徵

它很快就會結束，我知道

再誕生

今天，佐證一切的昨天
舌頭在口腔上下
做十六小時工，罵四小時的娘
他的嘴裡生來死去
過馬路時倒也小心祈禱

今天，維護一切的昨天
點三兩素面，加一小撮鹽
他的遊樂場沒有木馬
只有呼出的大蒜
和打盹的鼾聲，悄悄著，悄悄
直到十二小時，胃裡秩序叫囂
凌晨四點，他在汗水裡喝到長江

於是一樣的月光，步子
走在一樣的路線
無神者脫下球鞋
生活，是這張一米二的床板
和十米外的排泄

此刻，存活於烏有鄉
周身的臭氣，忽略不計

起泡的雙手，忽略不計
白日的不公；時而向內，時而向外
也都可以忽略不計

可是今天——
今天，打亂一切的昨天
在這一眼見底的住處
烏有鄉漸次瓦解
沒有人造訪，或入侵，或鼓舞
只有他。
只有他自己
和這支慢慢被抽盡的煙屁股
悄悄著，悄悄
閉眼
落下
降解

今天，他留在今天

2022.04.16

祖母的傍晚

銀杏黃，胎牛皮
猜想祖母是踩上這樣一雙涼鞋
去給祖父送飯
在藍色搖晃的傍晚
──唪噠，唪噠
再怎麼小心，鞋底也會粘上
煙蒂。朝天門，或是中南海
陌生的地名，走不到的地方
只一天，鞋就舊了

「婚姻啊──」她說，總伴隨很長的
停頓
他擺酒，打傢俱，買白色、綠色
黑色的布鞋
她便從一個異鄉
逃往另一個
在踏進十七歲的一時半刻，踏進
婚姻的灶膛。她的屬性
不再是全家福裡光腳的孩子

於炮仗的碎片中，七十歲悄悄
轉頭撞見二十歲的自己

但偶爾也會夢見母親
在一個遠方的光亮，共生
在二十世紀，寄生
她輕輕地喚她。唭噠，唭噠──
祖母知道，逃走的傍晚
她路過了自身
也路過了母親

路的盡頭，沒有故鄉的土灰

2022.08.25

江城

在江城降生，受難，愛
年少是一條不知疾徐的河流
重重翻起墨黑的淤沙
在這俗常的曲繞裡
散落，又叩響

江邊的兒女不期待平穩
或安寧，自毀是流水的慣性
淌在斑駁的石頭地上
淌在赤裸的黃桷樹旁
從不逗留，或停靠

直到四野孕足懸念
直到塵霧發出顫音
再無數次造訪同一處岸邊
那裡的潮腥不會變質
生命停止變老

銀浪是不止息的啞語
在等待所有的波濤一筆勾銷

2023.04

麵包喝光了

「麵包喝光了，
再打些新的酒來。」
去那夜中的一團野火
閉合的暗巷

此刻，月亮癱倒在調色盤裡
一百輛火車槍斃我的胸腔
穿堂風忽地奏起了快板
半神胡亂畫起了幻象
你和我相互回吻
這裡收容一切
的荒唐

麵包喝光了
碎成小小的星星
啤酒喝碎了
天光在礫石路上搖晃
野火很快會停擺
睡吧！
悄悄

2023.04

133

（注：此詩寫於喜士多泰安店閉店時。我和便利店之間的關係非常薄弱，除了出於省錢的目的，會在蹦迪前去便利店裡買一些廉價酒精把自己快速灌倒之外，就是蹦迪後和朋友們來到這個凌晨三四點鐘還獨獨亮著的「野火」，尋覓一些垃圾食品。這大概也是為什麼當我回憶起便利店時，總是一股醉意先行闖入感官的原因，它出售一些限時的浪漫，也終會落下句點，也許事件的細節會逐漸逃逸，但它留給你的感覺永不消散。）

《禮物與隱喻》詩選集

（2011 年至 2023 年）

尹遠紅　著

尹遠紅（筆名雙魚），生於重慶，會計師，定居香港。詩文散見《香港文學》、《香港詩人》、《香港國際青少年詩歌聯盟》、香港《女也》、《香港橄欖葉》、《北海晚報》、《星星》詩刊、《新潮》、《北部灣文學》、《詩刊》、《中國詩歌排行榜》等各種報刊選本及年鑒。被評為 2018 年《詩人文摘》年度詩人。詩獲第六屆珠江國際詩歌節優秀獎、第三屆白天鵝詩歌獎二等獎、第二屆「三言兩語」國短詩徵文大賽一等獎、「我為香港寫首詩」華語詩歌大賽優秀獎等。出版新詩集《回聲》。

語言

把收藏的愛與美
放在心中，或囚進碑石
都不如把它們
放在文字裡

這古老的語言，總在
下一代手中翻新
像星星的夢境
出浴的朝陽

詩集《回聲》

陳列進公共圖書館裡
這些詩頁
會有眼睛翻閱嗎？

詞句裡珍藏有：
愛的火焰、良途
有浪花性感的鹽

它們年輕、茁壯、熾熱而豐沛
有別於愛的灰燼、歧途
也有別於眼中傷心的鹽

海的修辭

燥熱逼仄時
就去海裡
像在那個寬闊的身體裡
讓水唇
一寸寸親吻
洗去俗塵

雄壯的浪
打造她別致的裙襬
她的花蕊，收藏你
抵達的繁星

愛你——寫給女兒

我知——

我愛你
霸道，專斷
你的出生就是未曾徵你同意的
最好證據

我愛你的成長
溫暖而柔和，沒有苛刻
無論將來你是雛菊寂寂
還是大樹參天

我愛你，堅持而長久
無論降臨多麼尖銳的指責
無論授予多麼崇高的讚譽

情感的領地裡
我放棄過矛盾的紅玫瑰
卻從未放棄你我共植的
單純的康乃馨

哪怕我來途中的萬水千山
都凝成冰天雪地的阻隔與深寒

只要一想到你我血脈相連
我體內的河川就份外活躍
蜿蜒淌進了春天的明媚溫暖

世事變幻如雲煙
唯獨愛你——
是我今生最長久最確定的事
愛你——以母親，更以女性的同質

給孩子

長到這時候真好
我們互拍對方肩膀
拍掉拘謹與生疏
我們直呼對方名字
去掉長幼尊卑
自在而輕鬆

長到這時候真好
我們長成姐妹又長成朋友
你有你的自由主見與獨立思想
我們的談話進到
豐富與徹底的語境
兩條語河自如曉暢地流
我們談美，來自音樂
與泉源的其他
我們談化妝，談愛與愛情
談星與星相互照亮
談有趣與有趣終會相遇
以及其間蘊含的水到渠成關係
我們談花朵的含羞與含香
果實的風雨與芬芳

我們談理想，說它能
純潔一條路的走向
延伸一條路的遠方

維多利亞海的舊碼頭

你們談愛的時候
碼頭牽引你們
舊碼頭是潮濕的信物
是無人時，唇間被咬碎的月色

是一個身體裡的潮水
暗示另一個的起伏，長出的
一截熾熱紐帶

登香港南朗山

天很藍
不時有鷹翅檢測它的高遠
一些人的下坡路
是我們的上坡路
路供並行也供謙讓
一對年輕的戀人在樹叢間爭吵
模樣與聲音都明亮了春天

路陡峭突出了人的渺小
能曲能伸是一種自知之明
懸崖處我們回頭
我們不站在懸崖上
它就不是我們的懸崖
我們不凝視深淵
深淵就凝視不到我們
回程時，我們的下坡路
又成為另一些人的上坡路

香港芝加哥大學古跡處

那個下午，古跡處收錄了我們的錄音
彩蝶在鄰近的花朵間巡視艷麗與多汁
萬物互為存在的見證與證據
是我們存在那裡，才知道了
彩蝶的存在，花朵的存在

我們一同分享了下午的一部分寂靜
以各自的方式
彩蝶以間斷的小飛行
古跡以空洞的沉默
我們以發聲
當我們斂聲屏息
與光一道溶入寂靜
我們又成為寂靜的一部分
被寂靜分享

而寂靜的色彩與回聲
來自此刻當下的回憶

維多利亞海傍的鳳凰木

今年的濃蔭在今年的花開之後

去年的果實在今年的濃蔭之中

一棵樹既是時間的小偷

又是時間的巡捕

花葉離開枝頭

它們竊去的時間

果實與種子又將它們擒回

我在樹下旁觀這一切

我在樹外

又在樹中

我也開花

我也結果

東方之珠

似一個走馬觀花的過客
一座城市來龍去脈的歷史書海
你只匆匆翻過它幾頁封面
像一艘旅行的船
航過海的表面
你只是其中搭乘的一員

直到遇上一場澎湃的海潮
不住地翻湧吐納
把藏於人海深處的一些寶貝
裸呈於表面
你禁不住它們的閃光與美麗
打撈撿拾了一些：
勇氣，智慧，創意，團結，堅持
自由，尊嚴……
這一顆顆美麗的珍珠
串聯出東方之珠的冠環
在跌宕歷史的潮流與書頁上
熠熠生輝

香江是個海

一些河流在中途放棄了
一些河流偏離了方向
都沒有繼續流進大海

不是所有的河流都可以融入海
不是所有的河流都願融入海
——當他們從異鄉來
他們捨不下肩上的深井

燈，或致詩

燈

路燈，家燈

眾多形色各異的燈

太陽與月亮是

我也是

火柴與芯舌都是詞語你

只有你知道我似火的

熱愛，興奮的燃點

以及到達中如何醞釀撩撥

只有你能把我迅速點亮

或瞬間熄滅

有時相互

我的詩

水上、雲上、煙塵之上
我不在乎
油墨香浸的書頁
碎紙堆、垃圾桶
我不在乎

誰進過你的心裡
有過莊重的鴿子與
煙雨似的小鹿
領頭的雨露

致先行者，致新綠

城東城西，牆裡牆外
苔蘚、藤蔓、枯枝、敗葉
這些低矮、黴暗
這些迂腐、自棄的事物
所幸它們接管不了整個春天

仰望星空的先行者
站在視野更高遠的地域
看見並輔助更多喬木的青年生長
他們叛逆陳舊、自由伸展
把大腦枝椏上鬱蔥的知識新綠
奮力舉過喜鵲空泛抒情的牆頭

浪花

生命的長河中
汪洋的生活裡
能開出多少值得詞語採擷的浪花？

而你是最激蕩人心的那種
雪白碩大，柔情歡快
不畏礁石與風浪
征服海妖的誘惑
寬廣的胸懷
釋出更多有質的鹽
敞開更多藍色的世面
包容她淺顯的腳步
刷新她淺陋的識見

蟬與禪

凝望夏空——
疏忽的：不單是
天空、翅膀
寫在雲上的詩文的骨溫

更有那端坐高枝的
蟬唱，寺裡塘中
安靜清修的蓮頌
去年夏時我們深遇過

夏日漫長闊大

夏日如此漫長，如此闊大
重疊我們時間之樹中
最明亮最蓬勃的部分
我們離秋日黃昏，離落葉
離寺廟，尚有一些
菩提與木魚青燈的距離

就讓我們在愛著的花蔭裡
多清涼一會兒吧
我們放飛孩子這隻風箏
線團繞得很長很長
足夠自由繞過枝椏，遠望些什麼
我們園裡的鳶尾花開得很慢很慢
花期，能對蜜蜂延長些渴望的什麼
請求告別的車輛，慢些揚起俗塵
煙花，遲一些把火焰的劇烈帶走

峭壁

懸崖、峭壁、深淵——
你們不必白費心神地
徘徊與巡視了
在我詞句的叢林裡
不會有你們駐紮安營之地
我不忍也不屑為經過的停留者
打造此類極端與尖銳
除了擇一方淨地給心儀的玫瑰
我情願挨著玫瑰，開墾大片
空白與坦地，種植雪花的
寥闊與靜寂
即便蒼茫，那也是我與玫瑰之間的
記憶與瞭望，雪白坦蕩

影像描述之：高貴的額頭

在藥店，他把額頭輕輕碰向她
那天，他們向親密的觸碰
要溫度，要甜蜜的鹽與甘霖

世事更多的碰撞
檢測他額頭的硬度與高度
比松質硬，比低下頭的阿諛奉承高

當他俯向更多位低
或需要幫助的那些
草芥、青年、孩童又輕易
親吻上這額頭
不微言低處的，自謙如青苔
資助囊中羞澀的孩子，進入大學的殿堂
撫平他們被窮困的愁雲籠皺的額頭

他飽滿的、高貴的額頭

影像描述之：說虎

她的猛虎

在「虎行似病」類詞林裡遇見
是他的沉潛與謙默
才華與品行

在山野樹林
是她心中威武霸氣的王
呼吸孤獨、月華
與寂靜

在古老的園子
是細緻與溫柔
來她懷裡
去他虎口
薔薇與熱血泌出蜜

東方明珠

黃浦江邊，江水的情緒與
人們的情緒一樣飽滿，在夜色與
斑斕的霓虹中高低起伏
我也站在這裡，心潮澎湃

萬物同源。江河蜿蜒流淌的腳步
不就是人類萍蹤的遷移？！
都是星球上的旅行者
我在找哪一滴飽滿是當初激昂的你

旅途嘗試用初途打開更多的初衷
蘇州河流入黃浦江
是娟秀的蘇州河暗戀
黃浦江氣勢雄略的異性魅力？
還是磊落的黃浦江
對蘇州河大方的主動邀約？
無論如何，流水奔赴不絕
它看見開放與包容的姿態
是融入與深廣的可行良途

蟬的信條

夏日午後，林間高枝
蟬鳴掀起起伏的波浪
搭起抑揚的講壇

四年泥土裡的黑暗苦工
掘得雲開與月明——
一個月陽光下爭鳴與歌唱
它站立的高枝
撐開風來去的具體寫實
也嘹亮站得高自然傳得遠的
一脈信條——居高聲自遠

將士的吶喊，賢士的理念

記憶中的八月

稻穗、高粱會把頭垂得更低
越成熟越低調
越低調越成熟

八月
作物會提著頭顱
向鐮刀自證飽滿與乾癟
農人會收割怎樣的故事向莊稼交代
豐收還是歉收？
籮筐與糧倉自會供出實證
當然父母親的笑顏或苦臉
也作過有力的旁證

網

清早，落到事物上的天光
送來秋的氣息
薔薇科背轉臉
不知名樹上普遍意義的網上
一隻大蜘蛛與蛇搏鬥的場景
牽引著我的視線

哦，網，結構再千頭
絲線再萬縷
身世與目的無非為三：
一為蜘蛛類捕捉
二為破繭成蝶類涅槃
騎在中間的是人類的作繭自縛
與自作自受

影像描述之：感恩節

「我生命的歡樂和香氣，是回憶」
她重複回憶的事物
是雪、星辰與玫瑰
而大自然煥出這些事物的
秉性中，一再閃現你的影子

照亮她促狹世界的
發自你身上的智識光束
精神領域裡潔身自好的雪
品質呼應著香氣
詞語這隻蜜蜂，從緣恩賜的
玫瑰中釀蜜

——這來自造物主的禮物
與饋贈，彷彿詩性的風
把他從進化的靈土吹來
遙遠又親近
消減些跋涉生活荒漠的
孤獨與荒蕪

立冬。雁南飛的漂泊

天空馱著雲朵，飄來散去
海水馱著翹盼，潮來潮往
大地馱著季節，草青草黃

你馱著滿袋子喁喁私語
經過她的身旁
上午的詞句才立秋
下午的詞句已寒冬

世象無非聚散，情意無非寒暖

雁兒馱著蒼茫，飛入蒼茫
北望途中——
已無春色可眷
已無暖風可翔

香江之畔

懷鄉不必非要李白的明月光與地上霜
桌上一盤涼拌魚腥草的家鄉菜
清洗前，向它借一點田埂泥土的親與腥
涼拌時，借一點川渝妹子的麻與辣
下肚時，再兌一點江湖同寄的
苦澀與酸甜

刀下，魚腥草的根越擠越密
嘴裡，越嚼越腥
下至腹河中，竟兀自生成
一條故鄉的血腥臍帶
越湧越大，越繞越長
從長江之濱一直繞到香江之畔

來吧，我們一起

下雪了，下雪了！——
孩子們無羈的腳丫將消息傳開
思念隨風撩開故鄉的面目：
一些雪花掛在故鄉飄搖的老黃桷樹
一些雪花落在父親打顫的身子骨
冷在我擔心的皺眉頭
父親經年的宿疾，累月的羸弱
山越來越矮小，越來越喘息
這讓人歡喜讓人憂的雪花精靈
將山的枯瘦呈向我擔憂的眼眸

來吧，父母親，到南方以南
到女兒這個陽光與海水
一樣飽滿的城市來——
心和語言的請求，早於雪花
抵達父母遙望的村西口
來吧。我們一起過冬過年
一起欣賞除了雪花以外的
其他花朵溫暖的臉與心

不動聲色

中年以後
喜歡上了不動聲色
看那大地，吃下水的柔，火的熱
獻出最闊的海，最白的雪
把愛之礦藏埋在至深
從不炫耀

中年以後，喜歡上了
不動聲色的孤獨，不再抵抗
看，焰火在香爐上嫋嫋地
把孤獨燃燒，蓮花的清寂真美

中年以後，渴望
把寺裡的菩提移種
種到心裡的清涼處
用悟性澆灌，不動聲色

就這樣

就這樣，把寂默沉入海底
與啞掉的魚族們在一起
向深處廣處索風景
就這樣，把自己的感官掛在樹隙
聽鳥兒怎樣把春天唱高唱綠
看樹木在冬天怎樣化繁為簡
或者，在岩石邊
邀約遠山、霧靄、晚霞、風濤
默誦它們書寫的一首首自然詩
夜來，升起煙火
親近蔬果們生前的明月清風
死後的果腹與體香
枕衾暖晴，唇上燃燒的風景

就這樣，把自己埋在今生
埋在今生的安靜裡
深一些，再深一些
不讓前塵往事找到

十月書

十月我青春之樹上入土未安的春枝
被突兀的秋霜踢過一次
十月我不斷修剪、騰空自己
把舊的無用努力向外扔
十月我打開內向的心窗
眺望更多詞語的叢林
十月我把自己同煙火放在一起
抱著煙火就抱住了日常
十月我在秋葉的離愁邊打了一會盹
一不小心夢回青河，那時花開
那時年少，那時櫻桃紅，芭蕉綠
十月腳步不孤，逸情不瘦，不用
向過路的螞蟻討借星點散步的閒致
十月我同山水同草木
一起走過，因為浩瀚的阻隔
十月的海被我無辜寫痛一次
十月，十月終究無恙
十月我順著冬青綠的清涼平穩接冬

賜

賜我玫瑰，不如賜我
君子的淡水。這樣我才能留住
同一的盈缺，留住玉壺的冰清，留住
流續的長遠

賜我楓唇的熱烈，不如賜我
蓮上的冷寂。晨鐘暮鼓，木魚清風
什麼紅塵，什麼江湖
我們都走在靠近菩提與塵墓的歸途

賜我，賜我盡頭的滿不如賜我
留白的白，賜我浮世的歡不如
賜我掌心的空，我本一無所有
不想空也再碎一次

賜我，賜我
其實，除了遠方賜我
比遠方更遠的流水與風
誰也沒有特別賜我什麼

等你 ── 致孩子

春雷過後
雨驅趕了一夜的星辰
等你,撐一把向風向陽
也向雨的傘
等你,在路口,在街角
在可能可塑綿延的
每一個交叉與轉折
看你推開傘轉身
纖小的身影執著地
追風逐雨,追著書海的藍
用它更好地過濾
每一天往來的黑白

我不用太過擔心
春天瘦著的胚芽
春夏會把它完全豐滿
自由之心伸展繁榮之姿
我知道校園邊的黃桷樹、銀杏
很快就會枝繁葉茂
撐起一片天空

給喜歡的套上漂亮的語衣

總是喜歡給「喜歡的」套上
漂亮優質的語衣——
給借來的時光，過路的風景
給霧途的玫瑰與遠的遠方

這件衣服，質地與形狀
別人看不見——
我的心替我構織與描述
用火與光，言語溫潤的香氣
織就

我的敏感、任性、多情
還保持年輕時的模樣——
它們不長大，也就不會衰老
也不會責怪——
當語衣包裹的柔軟情思
助我躲過世間的尖銳與醜陋

香江兩岸

來不及感慨，被日光月光追著
提著影子與晨昏
就將歲月的河流送到
青年與中年的分水嶺

「萬物無常，萬事恆變」
用舊的，囚禁的，死去的
月光與迷霧合力書寫的那些年
結局終究身世清白
不再隨風飄搖
但不能忽略中間那段遼闊動盪

那些年
你時而從散文體的日常生活中出逃
用大把大把的月光把心事漂到發白
洗到風輕，渴望擰出詩意，試著
攀月光作形而上的飛升
時而又被形而下的生活
挾持，迫降煙火，被灰頭弄到土臉
一升一墜就落在歲月潦草
一分一別就隔在香江兩岸

時常夢見一個雪玉的小女孩
捧著半碗殘月，站在對岸，不住喃喃
「媽媽，月圓的時候，我們只是
來不及聚和看……」

在一起

第一聲血色的初啼
彷彿還響在昨夜的產房
轉眼你已亭亭如青荷
我們穿同質的衣裙
翩然成枝頭的姊妹花
——見過我們的都這樣誇
沒錯，我想與你靠得近些，再近些
不是站成尋常裡的形式主義
內質裡我想和你站成兩片花葉的朋友
——汲風沐雨，交心交肺
我們珍惜在一起的時光
我們牽手、比肩、同眠
我們吃家常、看電影
——《控制》、《饑餓遊戲 2》
我們討論哪個男主角帥，哪個像花癡
我們在沒下雨的夜裡，撐
寬大的傘合力對付四面來的風
我們血管裡的血呼吸頻率那麼一致
我們一起喊一起怨這麼冷的天
——「凍死姐姐也」

175

我們一起走你校園的路
修竹扶風，銀杏飛出蝴蝶
細葉榕衵出寬懷，米蘭獻出體香
這條喧鬧又孤獨的路
這條通向未來無盡廣闊的路
這條收集風聲雨聲讀書聲的路
這條出於藍又勝於藍的路
……

孩子，這樣我們會不會
把親情的遠水引得近些
可是孩子，你自己也要學會
渴時從杯中，從江海中取水喝
餓時從書本裡蓄積更多知識的薪禾，餵養
冬的爐膛，給心中藍的遼闊以亮光

影像描述之：蘋果花與斷腸草

「此刻，孤單襲擊我倆」
語言的槍膛射出
傷感的子彈
洞穿想念的內核
蘋果花斷腸花的汁液
相思既甜又苦

巫山疼惜的抑鬱與難受
是雨落前飽漲著腹部的雲

誰看到，洞穴容納水
容納火焰
誰在原始的承接中
遇見呼喊

種子的信條

像季節的蟬蛻一樣
把自己種在夜的寂寂寂
泥的深深深裡

無需四處發聲
只把希望與青睞
開在花與果上

你若是她的良土與光亮
她定會衝破黑暗
越過一切阻礙
來見你

九月

秋會更高，氣會更爽
更多的雁兒會去向
更南的南方

九月，秋約遍佈
上至中秋明月
下至枝頭紅楓
翻開報紙，你看
東京、首爾、大阪、濟州
溫哥華、多倫多的紅葉
都早早發來佳約

這些逐漸紅潤起來的邀約中
不會有我的那一封
我的早因語境缺氧和詞語營養不良
胎死於春天的腹稿中

遠

遠在寒山
遠在寺廟
雲霧攆高石階
木魚敲起梵音

遠在抓不住夢境半片
翅羽,忽然翩至又翩離
遠在按不住迷亂牽掛
鹿亂撞,貓抓心
遠在電波穿山過海
聽見彼此,觸不到
髮膚星點

遠在頭頂飛過飛機
遠行的人不在雲裡
在霧中

或許無奈，或許故鄉已遼闊

拔掉根鬚哪有拔掉鬍鬚那麼容易

當鬍鬚媲美根鬚之時

將你的身世與故鄉的身世連根拔起

挪往他鄉，必得傷筋動骨

牽繫故土疼痛更深更廣

而樹隙那枚古月的圓缺

從此在你的他鄉解讀

這需要的，何止是仰望的空隙

何止是千篇一律的擡頭與歎息

像牛羊反芻青草一樣

我的背井反芻我的離鄉

反芻一路嘗過的浮萍與蒲公英

吐出缺月的坑窪，吐出

流水的無依與無根的酸澀

親愛，隨緣吧，所幸我們已是

彼此安心的岸與纜

你看，有你的地方

月亮正在秋枝上漸趨圓滿

蝸牛

牆上一隻做客的蝸牛
從花園來？
從窗臺進？從浴室入？
它來自哪裡？怎樣來？
這是道路

它靜靜不動時
多麼像我像眾生
整日背著莫名的
孤獨與沉重

它將去向何處？
這是道路之後的道路
它不懈的冒險與攀爬
我猜並非為著困境與迷途

地攤或邊緣與中心

它們生存在馬路的邊緣、街道的邊緣
城市的邊緣、超市的邊緣
日常的邊緣、繁華的邊緣
可它們的主人卻是貧家農家
行為的中心、責任的中心
日常的中心、收入的中心
翹盼的中心、指望的中心
也許是孩子巴望的一本書
父母病中的一羹藥
也許是妻子的一件普通禮物
孩子過新年的一件普通新衣
也許就是辛苦一天后一頓飽的晚餐
龍應台作家曾勸兒子說：別總去沃爾瑪（超市）
也給路邊攤留點兒生意，他們比沃爾瑪更需要你
也許就是一打垃圾袋、一個小頭飾
一個針線盒、一把小紙扇
一雙絲襪、一些時令蔬果，日常必需
兄弟姐妹們，當你走過邊緣，請幫幫
這些邊緣、那些中心
幫幫我們這個地球村上共通的尊嚴與良善

魚的局限

就算她拍遍岩礁，秋波攬盡
她的翅也變不成凰，逐那
上空遠翔的鳳
就算她遊到天涯海角，望斷肝腸
她也離不開水域上不了岸
如何拓一片草原，供騎在她心頭的
那匹路過岸邊的駿馬

每一次告別都是成長

這一刻，鏡頭捕捉她
在我的視線裡，我拍她
拍她燈光下收拾行裝的小小身影，玫紅的
拍她春風裡柔柔應答的聲音，玫紅的
拍她春光裡低頭如花的安靜與溫柔，玫紅的

拍不了她小小身影裡包裹的
大大探尋新事物的膽魄，海藍的
拍不了她每一個明天急急訪問廣闊
與新奇的心情與願望，海藍的
拍不了她往前越走越遠的腳步，海藍的
拍不了途中屬於她的那些低眉與仰望
那些歡欣與歎息，海藍的

今天她剛看過維多利亞海
明天她將飛抵印度洋

箭與劍

有人說一早用桃花瓣擦劍
真是有趣新鮮
只不知是舊年的桃花
還是今春的
也不知那劍是鋼的，石的
還是木的，或者還有一種
特質異稟的
想必是一把長而勁的寶劍

她說她那裡也有一支古箭
自那隻愛情鳥迷失叢林後
一直高懸，金色的
只射擦玫瑰的心

門

我看她踏出家門
天空下獨自站立的小巧
把她剛成年的膽量
襯得更大
看她關上房門，關上嬌氣的舊她
背起高過年齡與個頭的行囊
背起重重的好奇與勇氣
她說不明白我們大人
為什麼那麼害怕門外的變化與遠方
她說「每個人都是一根獨立生長的毛髮」
她穿寬大衣服，不喜緊的束縛
彷彿這樣又擁有了更多自由
她說自由舒服
昨天她剛看過維多利亞海
明天她將飛抵印度洋
我知道，此生我與她的距離就是
我站在門內
一次次向門外的她揮手告別

經驗

你獨自出遊時在電話裡問我
高原下先擦隔離
還是先擦防曬
關於化妝
你說我能提供給你的女生經驗好少
其實我給你這個世界的建議
也不算多，還長得小氣

站在逐漸後退的塵世裡
我對你講隔離與預防
同等重要
「晚上少外出，把門反鎖好
出外不與陌生人搭話，防欺防騙
防性侵擾
錢包電子產品等不外露，防偷防劫
凡事防人心險惡」

孩子，媽媽被險惡打劫過荷包
打劫過親情，險些送命
抱歉，關於人心
我必須告誡你不古的這些

對於這個世界，你在好奇前進
我在謹慎後退，保持戒心
並非不愛
還握著讚美的筆與詞語
仍然相信：有花開的地方就有芬芳
有水流的地方還會有清泉

父愛

堅毅，深沉，包容，可依
如果父愛像山像海
他就是不斷提供愛的材料
保證材料品質
讓山讓海成為立體可感的
那位父親

世事這間巨大的工房中
山與海日益得到加固與完善
負責接收與讚美的是女兒
接收的時間很長
將花去一生
因為愛的材料還在不斷供給
因為山與海還在不斷壯大

願世界善待每一個孩子

三個著泳裝的的孩子
前後左右飽滿洋溢的青春
滿溢過海水
我在她們身上找我的影子時
她們是似曾相識
她們是姣好與年輕
我在她們身上找我孩子的影子時
她們是身份與來歷，膚色與特徵
來自異國他鄉
我靜靜看著她們的眼神
柔和賽過海灘夕陽的餘暉
我想像大洋那端我的留學的孩子
那裡的人們一定也同我這般
柔和友好看待我的孩子
看待這個世界所有的孩子
包容她們的熟悉與陌生
就像寬懷的海洋
親吻每一滴水新的容貌
接納每一滴水新的來途

香江的秋天

大半年霸佔大半個舞臺的夏
擠著一角瘦瘦的春秋與冬
葉子常年綠著，紫荊常年開著
香江的秋天是瘦削而羞澀的
葉子上少有，花朵上少有
衣著上也少有
即便有也短得可憐
彷彿如女子的短裙
懂得見好就收
你讚秋風風度秋陽溫度
恰到好處時
秋便已近尾聲

於是倘若心上無秋
滋生秋愁的景致多半無處著落
所謂蕭索與悲秋的詞句、意趣
你只好提著心靈的燈盞與流螢
到辭海、詞林裡去找

向蝴蝶族致歉

很是抱歉
無論你們身在哪裡
陽光下，花叢中，溪流邊
我總把你們看成
要麼在墳墓中心
要麼在風暴中心
雙翅繫著蝴蝶效應的
言外之意
或梁祝化蝶的
弦外之音

影像描述之：小跑步的歡欣

站在越來越退後的人生長河裡
回望許多年前的初見
從俗務中拔出泥足
小跑步去迎接一個人
那種歡欣，按耐不住
沿途的景物一個勁後退
叢林與荊棘
流星花園，海底隧道
一列火車開出肺腑
你的馬蹄聲越來越近，越來越緊
懷揣的小鹿能感應

他的手

旅途裡的指南針
事件時的方向盤

手，觸感器，體溫計
若問及傷痕
若解釋，不避諱，不設防
情感遞進的又一黏接劑

因此，水到渠成的事
這雙手，攬過你肩膀
擁過你入懷，劃過你心湖
春天裡，開啟唇上的兩個蜜源
又在夏天的胸膛劃燃過火柴
手，當這雙手握住你的手
傳遞暖流，生命的河流匯通

在頻頻交碰的盞飲中
世界裡，同一名字普遍的手
觸碰時質感好感有別，唯一的手

影像描述之：刀客或創世紀

時光回到原鄉
與情緣的創世紀

那一天
他們割據夜的南北河山
熊熊升起原野篝火
助雲又助雨
助空靈的雨覆蓋空靈的夜
因為匹配與合拍
只一會兒就沛沛潺潺

那一季
他們劫了春風
又劫桃花
一認真，又誓劫對方為
大王與壓寨夫人的架勢
他說到時他們就放下劫刀
摟著鼻息，放平受驚的身體
橫臥天下，不走了

落日

似一個人最後的謝幕
緩慢或急促
遲疑或決絕

片面歎今天的謝幕
沒有那天的闊美
後來我們發現
是我們今天觀看的位置不同
提取的角度不同

片面又說是今天傾灑的
光芒不夠
喔,光芒是唯一嗎
光芒才美嗎
那些普通的生命個體
在降落之前遭逢的陰影呢
他們試圖穿越雲空征服高山
又屢屢被烏雲與失意遮蔽
最後不為人道,不為人知的
那些艱難與苦楚

活過

陽光流成春天的海
慷慨走進浩大，抖落料峭與孤寒
向每一條路，每一棵樹
向遛彎的小狗，路過的鄰里
向孩童稚嫩的笑臉
路攤有些怯生的鄉下眼睛
平和微笑或致意寒暄
發自內心，主動善意或對等回應

如果這一天情緒沒有坐過山車
沒有狠言狠語吐蛇信子
沒有指著桑樹罵槐樹
沒有動烏鴉嘴吐露陰暗
詞語沒有對心儀的山水蜷曲讚美
也沒有伸出利爪抓扯遠方那顆天鵝絨般的心靈
沒有對一粒移動的微塵投去不屑的眼神
沒有挪腳踩死一棵草一隻螞蟻
我就覺得我是清涼地活過了這一天
或者說塵世呈現給我清涼的一天

黃昏之後

去野外放逐封閉這個詞

踩著地上花果腐爛的時間，黑色的
傾聽木棉果炸裂的時間，白色的
林間蟲鳥即興演奏的聲音
在它們中間，稀釋黑與白

不時有鷹翅擦亮黃昏
鳳凰木上紅焰涅槃
一彎新月
準時把一排路燈點亮
燈光接力，照亮道路
照亮秩序這個詞
蟲鳥漸歸巢穴

寂靜像水霧從海邊彌漫過來
像書頁合上封底
天地間的主人又斂攏帷幕
大自然把我釋放的封閉這個詞
重新放入夜這個更大的容器

女兒的小嘴

吸納吸附性極強的
兩片薄薄的海綿
小小的隱藏櫻桃的譬喻
隱藏音符潺流的清泉與玉溪
她早已越過鶯的
第一次初啼
第一次母乳的吮吸
第一次學語的囫圇
第一次爸媽的呼喚
第一次桃李演講的忐忑
第一次越洋的欣喜
第一次不同語言之間的轉換
原諒她偶爾情急下流出的
不甜美的詞句吧
小溪也有鬱悶不暢快的時候
祝福她
已第一次溫柔接過
異性玫瑰質的吻

女兒的眼睛

兩顆杏核的鑲嵌
東西兩扇窗戶的內核與意義
「小眼睛也能有大視野」
一句哲理的話
一個蔥蘢的願望
一種結實的推動力
腳步安上時空輪子
眼睛安上顯微鏡望遠鏡
星空，國別，洲與洋
疆域，膚色，種族
見識，見聞，心胸
每一個閃光體都是一顆星
小眼一開一合
傳輸接通大腦枝椏
收藏懸掛更多類別的星
於是她的眼睛
也成為優於母體
優於昨日的
兩顆星

他的眼睛

兩彎清泉的歇居地

洞徹世事時
兩面明鏡，兩個高清鏡頭
明鑒與穿透，讓語言
與真相的心
顫慄或顫抖

左右窗戶即東西視野
兩個望遠鏡
傾向陸地，傾向海洋

端午

其實是楚國一位詩人
身上一根硬朗的骨頭
被江中的惡魚惡蝦
啃噬了兩千多年
仍完好無損到如今
不折不曲
它的骨性與骨氣
後人一直在考究

也其實是楚國一塊
沉落詩人的老石頭
被流水沖刷了兩千多年
仍挺立在原地
石頭的冤屈早已水落石出
石頭的重量與價值
後人仍在掂量

水與墨

淡了怕輕，無痕的遠與空
濃了怕稠，近密的膩煩
勾兌暈染的過程如同權衡關係
距離的遠近，深淺的相宜

明月照得見滄海變遷
照不見心海跌宕起伏
清風合得上時間卷舒的書頁
合不上空間橫亙的萬水千山

在一種美學裡琢磨
水墨找到最美的意蘊
在留白的分寸感
萬水與千山還在距離裡
千回百轉地曲折

六月

夏荷亭亭
是玫瑰盛開原野的季節

颱風歸來
裹挾雨水
是雨水供給魚水豐沛的季節

合適的雲生長合適的雨
六月乃至以後的夏月
是海濱的雲與雨
纏綿翻覆的季節

是心儀反復擦拭生命的火柴
重複把相悅點燃的季節

母親的草帽

被海風吹走海水漂走的
我的那頂草帽
令我想起母親披戴的草帽
母親的草帽生自農家
跟隨母親田土間勞作，早起晚歸
母親的草帽收藏早起的露珠與鳥鳴
收藏正午毒辣的驕陽辛勤的汗水
收藏黃昏的夕照與眷天的晚霞
收藏曬場上母親面對糧食豐收的笑顏
與歉收的擔憂
當然也收藏母親欣欣迎接我們歸鄉
與依依送別我們離鄉的招手與揮手
因為這些，母親的草帽日漸
變重，再厚重的歲月也帶不走它

我的草帽生自城間
相對小巧，精緻也輕，輕得只承載
可有可無的裝飾與虛榮的幾聲讚美
輕得一陣風就可以把它遠遠的流走

致石川啄木，致自己

細敏的心啊
無數事物的情緒奔赴於它
退場與褪色的那些
柔柔的不經意

就像秋天憶起夏天的
那隻蜻蜓，在生命的餘數中
清清的點水

影像描述之：新年寄語

我不大會說話，但此刻必須說
可愛的一年就要過去了
一年就是一世，一世也不過一聲
輕輕的致好
所有的日子都會過去，也會留下
哭，或笑，都是我們的

新年的鐘聲就要敲響舊我之時
我在上面這樣暖柔的語衣裡
翻揀一匹匹棉質的春風
眼河起霧了
兩顆赤子之心同向遊著
萬千柔柔的柳絮綿綿扶住我
其實都徒勞，我就要
在這輕輕的致好聲裡
化作清清的春水
逐日子去了啊

月亮

我深愛著時間的
斑紋與殘缺
我知曉積木的
拼湊規則

我愛的人
像這宇宙深處的
一塊積木與補丁
鑲嵌缺口
填補圓滿

影像描述之：細節

成就與情義稱讚他時
他低頭在弦上
來回輕輕撥弄虛懷
那若穀，她喜歡

他把蓬鬆的頭
埋進她懷裡
埋進乳汁飽滿的柔光中
調皮摩挲
親密喚回孩子氣
塵世的桎梏知趣滑落
那放鬆，她喜歡

從極樂園的至高降落後
他溫柔攬她入海懷
輕怕後背，撫平浪潮
細節書寫愛的品質
那完整，她喜歡

女兒的手

細巧纖長

連著一顆細柔的心

曾經為著心中的理想

拖過重重的行李箱

揮手告別她的舊我跨出國門

異國支教時握過粉筆

端過攝錄機

融入更多新面孔與新事物

現在她剛接過心儀的玫瑰

將來要拔更多生活的釘子與荊棘

移除更多阻礙的石頭與

突如其來的壞事物

願她掂過沙漏，捧飲海水

充分認識竹籃取水的局限之後

每一次出手都

得心應手

中秋之月

月亮這塊大餅
鄉愁為餡
每至中秋
被天空這口大鍋翻煎得
最燙最圓
離鄉在外的人
分隔天涯的人
就那麼望一眼
有時是致病
有時是治病

觀香港海事博物館

必須融於水，洞悉水
才能熟知海洋脾性
沉默中瞬息萬變

必須迎著風，駕馭風
才有資格談論風浪
如何凶險又是如何被馴服

必須是木質或鐵質
打造為船，下到水裡
沐著風，追逐浪
征服遠方，彼岸異邦
載絲綢陶瓷，載往來貿易
載領海領空，載一條路
開闢與延伸的方向

必須用更多艱辛與兼程
餵養星辰與遠方，必須遇暗礁
遇海盜遇沉船遇傾覆才可談艱辛
談遠方模樣，談歷史流長與厚重

而槍炮與風浪外的我們
腳步輕，聲音也輕
生怕不小心，落入隔物隔代的輕浮

213

生活是一場水落石出的過程

早春剛鋪上溫床不久
你們就讓兩條性別的河流裸著
肢流有時交叉，有時並行
流淌生命的蜿蜒

兩顆頑石的你們
摸河流的臉蛋摸鬚眉摸事物的根源
很快就摸到前半生
摸著它過河過生活的那些石頭

摸著摸著
竟摸到夕陽下河床上
依在一起的兩顆老石頭
失去棱角，光滑圓潤
你們知道，那是你們
被流水無數次沖刷撫摸
最後被生活水落石出

香港魔窟

你要去的那個地方
長著魔窟與鴿子籠
吸納力魔強——
吸納殖民歷史，國際目光
吸納百態生活，生活的古老敵意
吸納藝術家的詩情畫意，靈感源泉

你要去的那個地方
長著許多相對——
相對多元包容，相對自由民主
長著更多層次——
山水高低舒展
歷史跌宕起伏

你要去的那個地方
山水氣質獨特
山水結構如屋子綿密
山綿密為不屈不撓的獅子山精神
水綿密為深情包容的維多利亞海

你要去的那個地方
有山有水有靈蘊的地方

你要穿越俗務以及
地理阻隔的萬水千山
才能抵達你心儀山水的明秀迷人
而必須跨越普遍意識的陳舊與偏見
才能抵達屋子內擁擠的人情溫暖
才能和解屋子外生活的古老敵意

香江，一種溫暖的感覺

是山城
是身體地貌曲折蜿蜒，高低起伏
是人文性情山青水秀，人傑地靈

是一個地方，在心靈版圖上佔據一角
是一種潮濕，在心海上攪動鹽與漂泊
又或長或短撫平心緒波紋褶皺，安頓歸宿

是你一句「回家的感覺」
如暖語鑲嵌珠冠
授予一個地方最高褒獎
又如細雨春風
貼心愛撫守望的眼眸

是你這葉來自江上的個性小舟
徑直挺進港灣或碼頭
海上與江上自由的浪花
與風浪，有沒有不同

愛香江的關聯

愛香江，就愛上了
山海相連

愛香江，就愛上了
身體相連，愛上
貝殼孕育的珍珠

愛香江，也愛上
海螺的號角，燈塔的光
愛上浪花與風帆擴展的
世面，藍色的
愛上海鷗魚族翅上繫著的
自由，藍色的

現象

那片肥沃的土地上
不是好種子好莊稼太少
而是不知道保護
心懷鬼胎的雜草太多
它們攀附又纏繞
擠兌又遮蔽
還想稗子充稻子
戳良稻的脊樑骨

雪的信條

冷一點，再冷一點
梅與玫更能摸到我的
身體達至骨頭
深一點，再深一點
我就能截斷河的污流
掩埋塵的全部——
我不舉道德高標
自持真與美底線
我親吻這塵世的方式
以童話，以白茫茫的臂膀身軀
以雪梅與雪玫的香氣與硬骨
更以君臨天下王者風範的
傾覆，一統江湖，建立
隱喻中的新世界與新秩序

父親去世後

空房、孤枕、時鐘、黃昏
這些詞成了敏感詞
像一粒粒釘子
獨對年紀不算太老的母親
時鐘敲打四壁
催促她清點一個個落日
這些詞，成了孤單

為著不讓它們指向母親的餘生
也是守護一朵花最後的自由
我們尊重母親重新的愛與被愛

她的情意同質於大地上的棉花與河流
溫暖、綿長
夕光中她們相互凝望
後來，事實與想像高度重合

致時光

就這麼繼續走著吧
沿著時光黑白的
流途，縱橫的脈絡

準備一生的默默與款款
以筆為管，繼續飲時光眼中
蘆花柔，雪花白；飲時光血中
梅花韌，蓮花寂；飲時光途中
遠方的遠，留白的白
飲時光脈管中所有風浪完整的
不完美

定論

塵埃上下的時間相互證實
證實彼此相愛的時光
動用物質的嘴唇是證詞
而吻向精神的玫瑰是證據
這是蜜蜂與花朵的關係

時間長河裡的兩條小靈河
持續地溝通、激浪
動人的有效
這便是動人的結果

名字從花苞裡喊出來

喊你名字的人很多
你從小學到大學的老師
你從小學到大學的同學
他們喊出書本、課堂
喊出你青蔥的歲月
喊出你求知若渴的眼睛

喊你名字的人很多
在故鄉在異鄉在離別的
車站、渡口、碼頭
他們喊出你的鄉音，故土與來途
喊出如你一樣漂泊的流水、浮萍
與蒲公英

喊你名字的人很多
唯獨他喊出俏皮與新鮮
唯獨他喊得你心旌蕩漾，小鹿亂撞
喊出你身上如雪屬雨的那一部分

讀香江剪影圖記

航船是難以踏回水質同一的航道
紫荊舊年的繁茂在努力站回
今年的枝頭

浪潮裏挾著擊水中流的故事
乘風破浪去
風雲如常變幻
複習與啟示著
煙消雲散的警惕

流水推動流水
日子就換了人間的時代
船帆更替船帆
歷史就疊加了敘述的冊頁
當客觀的風雲翻到海上
繁華與風光的那一頁
浪花與明珠的剪影
仍在其中熠熠生輝

劇中香江太平山

春天就是一個
從東北方騎著春風來的人

春天走了
河流到了夏

穿著短裙的太平山
整個春天都沒有弄清楚
「見一面就走」
是短詩，還是
淚雨

海體

海有值得記取的什麼？！
——浪花，鹽，航下船隻的肚量
藍色的世面

浪潮翻湧浪花
兩簇生命的火焰在淋漓的鹽中
躍動燃燒
撐船的氣度中
歧義與異見的包容、消解與更新
而聯接陸地與海洋的識見與世面
星辰與燈塔的作用，導航與引渡
在洲洋文化之間，擴展視野與
文明譜系的版圖

——是的，這些你都能從
擁有潛在海質的他那裡獲得
已經獲得，反復獲得

在謹慎地規避暗礁、漩渦與暴風
在抒開輕浮的泡沫
沉入事物的本質之後

際遇

懸掛是一種懸而未決的事情
困境與長久都為宿命
盛放它的有：
銀碗，詞語
流水與鏡子

而最後的君子蘭
是太陽雪

玫瑰雲

流雲千帆
流水知己

漂浮於塵土之上
流逝的雲朵中
採擷別致的那朵
大小，形狀，色澤，脾性
在天地間體態轉換的屬性
化雨時的溫度
流轉於身的感驗，感性
又性感的濕

這朵雲雨中
質地上好佳的玫瑰雲
只在你城池裡循環往復
引領你在天上飛
魅力與能力呼應你想像

玉君

星光，流水，島域
眼神，聲音，身影
深山幽谷的氣質
與氣息
都是你走過的

我見過太多
脾性與言語
眉眼與身形
哪怕外形也與你相似的
而他們都不是你

他們，對美孤獨而迷人的
解釋與守護，不及你

酷暑

用清涼的文字
在內心置一方靜塘
壘幾處磊落的山石
其間植幾株清蓮
幾棵搖曳但不糾纏的水草
幾尾生動的小魚
用心平與氣和餵養
風來，露珠來，蜻蜓來
有時你溪水般
清亮的眼神也來

回聲

在語言不能深及的地方
典籍閉嘴
總有一處可以深及
明白,與存在
都是時間的臣民

但是誰怕?雨季衰老
最雄健的那條河汉
傳遞流雲,明媚花朵
回聲與餘韻足夠
再度青春

影像描述之：他的手

樂器的一種
手指若琴鍵
自帶音符
身體彈撥它
原始的節奏與韻律

他的手，閘門與源頭
溫暖的夢境打開它
睡夢裡，它劃你鼻尖
搭你臉蛋
比劃你輪廓
觸碰你耳垂
那個面紅耳赤的暮冬，心跳加速

影像描述之：基調

自從一個陽剛的聲音
加入你生命琴弦的合唱後
基調發現你的文字大部分
都是紅色的
那是玫瑰之酒激情之血
那是血活著的顏色
也是火焰的
那就是火焰本身
跳動在水中血中
跳動在太陽的黑夜
和月亮的白天中
不肯向歲月的河流萎頓

叢林

往左是海
是夜風
是我們的舊碼頭
回頭看是城市叢林
我們那麼小
小到可以，鑽進對方的
身體裡
胡攪，蠻纏

港大外的道路

讓醉返回酒
返回山色
讓花的嬌喘還給月色
──盡是好酒

臂膀有力
聲音性感
就差在山道上
穿插與貫通
這另一種酣暢的酒

就是這樣的
港島線之終點
月臺像床

一隻落單的耳環

細心勸慰粗心
是不小心遺失，不是存心丟棄
事實正視破壞的現實
是打破左右的對稱與平衡
是破壞相依相伴與成雙成對
生生讓另一隻孤零與翹盼

它如今在哪裡？
又遭受著怎樣的際遇？
是被新主人愛憐拾取重新珍視
還是被清潔工隨意掃進垃圾堆
在各大垃圾場輾轉飄零
是被人像踢一顆石子樣
踢進某條臭水溝裡
還是被人像踩死一隻螞蟻樣
踩進了泥土裡
或者在一個無人注意的角落獨自哭泣
像一個無家可歸的孩子
它就是世間無法主宰自己命運的那種命運

愛 —— 致佩索阿

他愛羊群
常在夜空恣意放牧

他愛玫瑰
但不是人人可以採摘的那種

他愛蝴蝶
一生都在捕捉文學與詩歌這兩隻

他愛美德
認為死後的聲名比生前重要

五月，船歌

五月
豎琴懸著肋骨
雲懸著月
蜜蜂把對花朵的承諾
懸在多雨的霧途

五月，風吹麥浪
也催她的裙衫
他的槳舟

五月
邂逅沙漠玫瑰
像是邂逅沙漠裡掘泉
荒地上種花
艱難中堅持的
人與物

世相，真相

飛蛾不過是貪多一點暖光
蜜蜂不過是貪多一點蜜汁
蝴蝶不過是愛跳花間舞
願中情間蠱，留戀踟躕
提琴嗚咽不過是羨慕一場化蝶般的
悲喜與追逐，曠古刻骨

世人不過是一泓水的流途
一腔火的抱負
不過是鹽的最後融入
磷的最後去處
不過是一抔灰
朝向大地的最後匍匐
不過二十一克輕與重的
掂量反復

落葉

園藝工在林間清掃著
落下的秋天
準備把秋天的下落
裝進一個籠統的大袋子裡

同時裝進一種善解人意
這樣，春夏風中相慕
卻不能相擁的
千萬次致意與嘆息
結局時終於可以在一起了

飛鳥與魚

性急的魚急急吞下
飛鳥過境消息的空歡喜
夜色闌珊
海水撫平起伏的海面
魚撫平時差地別
這個誤會濺起的
跌宕漣漪

海空來不及有交集
但魚有理由相信
今夜飛機這隻鐵鳥
馱走旅行的鳥群
飛過那片海時
有一隻青鳥當凝視懸窗
向徘徊於波心的魚
致以玫瑰的
遺憾與歉意

活著

見的人越多
值得恨與羨慕的就越少

都不過是
複雜機器上的小零件
浪潮中的小水滴
疆土裡飄搖的小雜草

都身不由己,又都
情有可原

秋實

額下兩瞳秋水
跟隨記憶流動
它的開合剪輯著光陰的故事
醇香的秋實端到秋的眼簾
是夏天的錦瑟回憶

秋天儲存的玫瑰
曾在夏天怒放著你們的紅焰
兩面心湖翻湧激蕩，相互
傾倒匯入，波浪疊著波浪
火焰嫋著火焰，玫香和著玫香

秋天酡紅著
飽滿的臉，醉了

影像描述之：記憶城堡

睡著的路
喚醒塵與風
身體的節奏與氣質
在高處注目，而低處的嘆息
它們長得低眉
又順眼

草蔓細流，春風暖陽
那些最本真的綻放
是催開的密碼吧？
放你進來

塵灰

世人一生都在拂拭它
又一生都在黏附它
世人一生都在遠離它
又一生都在逐步靠近它

直至經過火爐
這最後一道煉獄之後
肉身完全成為它

以匍匐的姿態
隨水或萎泥
加入生態大同的
物質迴圈與能量守恆

煉爐

白天投進詞語
熾熱的煉爐
無序有骨

夜晚貼近身體
滾燙的煉爐
無骨有序

散步

街道裡，人群中
大海邊，夜晚的碼頭
你們散步的意義大於散步
有時並肩，有時一前一後
起伏的心緒如海潮更迭

你們在風中揭開傷口
說起流水、浮萍、落葉
說起身世來歷
不擔心被輕視被嘲笑
目光裡，停頓的默語間
綴滿人世共通的無奈
與雪白的愛憐

你們在路燈下交換相悅的眼神
融合光的概念，也融進蜜的喻意
通過蜜蜂與花朵的嘴唇
那時，除了晚風溫潤的舌頭
沒有誰比你更適合
讚美他

東方之珠

依然是宇神的時間之軸
旋著星球的經緯
日子的水流撫摸每一寸山河
匯成歷史的流水漫過
進入山河的肌膚肌理，流到當下
焦點集聚多麼小的一點——香江
發生多麼痛的故事與領悟
一顆「東方之珠」由歷史文明宏闊的海水與
東方兒女具體的淚水汗水浸泡孕育而來
這顆照耀並供養世代生息的明珠
還將由撕裂的淚水繼續洗禮下去嗎
我看見許多的人站在香江的潮水中
一些向東，一些向西，背對著
兩套水的哲學與秩序
兩種爭坳，兩種堅持
兩種排斥，水火不容
只有少數人在低頭耐心看
腳下的水是怎樣東西融合著
向前流續的

影像描述之：匯入

從夏天回到春天，回憶是
必經之路，從回憶中提取火與蜜
場景派遣事物重鋪穿越之路
一條豐滿的實體河，河邊盛年的蘆葦
如他一樣結實可靠的大樹，臂上茂密的
蟬鳴。對岸被歷史的子彈洞穿的牆
子彈的呼嘯聲正穿過他的講述

河水匯入大江，匯入
是他前程不腐的流水遷徙與進取的良途
激情與憧憬燃燒的火把一路擎舉與照耀
血中火焰的日記，昂揚的鬥志
奔跑的腳步，激越的青春之歌
共同描繪出他人生圖景的錦繡

你們匯入你們
匯入是一個聲色交合的性感詞
身體與道路之書各自打開續寫的一頁
水中火焰與蜜的日記，不分晝夜

三月，我與春天有個約會

鐵鳥會乘著祥雲與和風，搭載我們
我會帶上書籍，這時光焚過的詞句
還會帶上用舊的叮嚀、問候與祝福

如果不足夠
我會向南方的木棉與鳳凰木
借些紅色的熱情，紅色的火焰
向維多利亞海借些春風
借些藍色的好天氣

逗號停頓的意義領著我
逗留在春風懷舊的葦岸
熟悉的河流與擺渡的舟槳
會在那裡迎接我嗎

而句號的圓滿，會畫在
親情的土壤裡，畫在
我們和孩子共植的康乃馨
與魯冰花富裕的香氣上

那一天——致張國榮哥哥

那一天的煙火病了
面色比灰塵的灰心還灰
那一天的胭脂扣鬆了
怎麼也扣不住塵世的戀與暖

那一天的蝶衣特別重
一直往下墜，往下墜
砸痛了大地的心
那一天的蝶衣特別輕
輕得可以飛
一飛就飛到了天上
別了舞臺別了蝶衣
別了虞姬，別了一切
不能承受的重與輕

那一天的燭火特別燙
燙出了疼惜人的痛與淚
那一天的星空特別亮
一顆璀璨的行星進入星河

七月的旅行

七月，飛船與馬匹
你們與太陽比熱情
古老的咽喉
時間的死水
謀殺舊我
謀殺舊日常

山水連綿有致的地方
星光無拘草木無束
你們斬開荊棘
逃開漩渦
在如玉的眼波裡
試圖用白雲
點燃青草

影像描述之：兩條河流

世上有那麼多河
多幸運，你們
兩條河浪花奔逐
你們湧起

玫瑰下有幾畝靈土
雲影垂釣，醉飲風月
風度的四季
契合彼此的溫度
情景交融，絲絲入扣

影像描述之：園子或讚美詩

從哪裡開始
該怎樣描述？
時間沿著事件的海岸線
海旁河畔倒映相隨相伴
兩條魚替你們欣然浮出
時間的鹽與流水
更多往事浮出影像與畫面
從怦然心動到靜水流深的關係中

從兩個古老園子，赤裸敞向彼此
從月光馬車裡、橘黃園燈下
金風與玉露，長談與交融
從言語散發的新奇香氣
達意的契合與熨帖
慢慢浸潤
滲透進日子的骨髓與隙縫

從時間透明的容器裡
情意慢慢發酵，成色越發純亮
品質類附於更多美好的事物——
夜鶯、蜜雪、馴服的玫瑰、天鵝絨的心
寶石、翡翠、珠冠的清澈與溫潤

不致迷失的指南針
令你形神飛升的飛行器
這些為心靈加冕的愛的饋贈
當它們日益裸出時間的河床與產道
當它們更加深入地比擬它們的珍貴品性
當它們開始感激時間對你們的眷顧

影像描述之：春信

初見，是早春
林深見鹿，海深見鯨
深藍外套散發熱量
胸懷恍惚

他們，猶如兩封春信
面對面讀出自己
中間那首曲子
一條發光的紐帶
心弦悅動，葉子的
節拍

夜如指短，如星亮樸
兩隻紙杯坐到打烊

依然是你們

三顆懷舊的小行星
圍坐俗務之上
星語天馬行空

依然是情義傾碰酒杯，喝下：
翻湧的麥浪
蘋果的醇厚
葡萄的秘語
正午熾盛的火焰

依然是節日般短暫的相聚
天宇般恆久的祝福
就像星一直忽明忽暗的在著
如夢如詩

旅行

回到了戀愛的時候
在衣著與妝容的言語中
看見或看不見的表情
多年輕啊
那些小女兒態的
水晶春風，吹拂著
琴弦

你們裁切的鷗鳥低飛
起舞的舊時蘆葦
撫弄著，撥動著
這個午後

果實

晨光照亮她的哭泣
眼淚，這思念的果實
流逝的每一分鐘裡
每一寸逼近的告別在催熟著它
熟落時，心的嘴唇品嘗它

味道裡微苦中更多的甘甜
成分有：
櫻花樹下的天倫之樂
櫻影笑渦裡的知交之情
霓虹浪潮裡迴旋的浪花之戀

行雲與流水聚合它們
流水與行雲又將它們的依依分離
月鐮收割越來越薄短的煙霞
月月年年，願人兒在凝望中將息

影像描述之：塵緣

走到半路
心意又折了回來
你才不肯去山中
寺廟清冷
木魚青燈

紅塵中，你愛的人
熱氣騰騰
好看又英猛
入水為蛟龍
臨園如猛虎
惜花惜人
解風又解情

影像描述之：致雪

你那裡下雪了嗎
當想念都在想念裡受孕
產出無數想念的孩子時
你那裡的雪在宇母極冷的孕育之後
產出白胖小子了嗎？！

玩笑裡的雪，雪的玩笑
是時空牽扯的一條無形紐帶

每年它都會如期飄起
有時帶動雪紙
潛進詞語裡
有時它又抱著記憶，旋進一個個
馨香的夢裡，覆滿山谷
它就是你，瀟灑，靜美
憂傷和塵煙不捨得沾染它

雪

玫瑰與玫瑰之間
刀叉落座
分享鮮嫩與汁香
酒與酒互兌互飲
古老的園子之上
蘋果復活

盞飲他精神領域的雪吧！
並確認是
或不是砒霜

食糧

你愛內蘊的良稻
飽滿與低調的
水生植物
它餵養人類
像他的身體
餵養你

這有機的流逝
無機的時間
充滿了緊閉的
倉戶

夏日最後的玫瑰

香氣多維，層次碩大
情感領地裡最後的玫瑰
是無毒的罌粟
在清淡花季下的喜悅

不會再有了，閃電下
蹦到嗓子眼的心跳
顫栗的欄杆
落寞的美

影像描述之：新世界

她確定還將見到你
靈魂的指南針
在河汉一樣的身體之上擺渡
自由的路徑
一個新世界

葦花重浴尋常的煙火
垂釣弓橋或彎月
一轉身，已是滿眼霓虹
雀躍生動

跋
最幸福的母女關係叫筆友

鄧建華

尹遠紅說，準備出一本新書，這次，是和詩嘉合作。

詩嘉，是她的女兒。

我本來想說，你不是一直在和詩嘉合作嗎？但我沒說。我始終認為這對母女能成為某本書的合著者，能成為筆友，其實，都是這位漂亮母親蓄謀已久的幸福。

打詩嘉很小的時候起，天涯社區就常見尹遠紅的文字出沒。那時，她叫「在水一方」，後來又叫「雙魚」，天涯人不管她叫什麼，都知道是她，因為她精緻曼妙的照片，隨同她的文字呈現，總能夠讓人眼前一亮。況且，她的詩也有著較高的辨識度。親情、友情、愛情；思鄉、思親、思念，一直是結在詩藤上的瓜，時大時小，或甜或澀，亦真亦幻。這些瓜裏，女兒始終是嵌在其中那顆籽。雖然，從照片上看，那時的詩嘉，還只是依偎在她身邊的小花貓，但她，一直妥妥地成為母親詩句中的主角。

267

生活，也有分行、分頁、分段的時候。後來，尹遠紅定居東方之珠香港，詩嘉留在霧都重慶學習。兩大名城，相距遙遠。文字，架設起她們母女之間的橋樑。那時讀尹遠紅的文字，滿是牽掛、愛憐和囑托，沒有暗淡、憂怨和孤寂。看得出，她是多麼希望日漸長大的女兒，能從她的文字裏感受到些許力量，感悟普通道理，感知持久親情。向陽生長，不懼將來。詩嘉很小的時候，也寫過一組小文字，雖然稚嫩，但足以讓尹遠紅捕捉到某種信心。她想將文字的橋樑搭建得更穩更牢，她用心地編過一本家庭文集，刻意地給女兒習作留出一畝三分地。

　　詩嘉一天天長大，小學、中學、大學。澳洲深造，回國謀職。一個小不點一不小心長成了風姿綽約的大美人，她學的是影視剪輯，很時尚的學科。微信裏，常常看到尹遠紅曬出的女兒的剪輯作品，間或透露出女兒對她詩歌的批評。這裏，有驕傲，有期許，我認為更多的是忐忑。是她在乎著女兒，是否對她這個母親的觀念認同。因為詩歌，不只是文字的簡單排列分行，還寄寓著一個人的諸多觀點，以及與這個世界相處的態度。不管尹遠紅裝得多麼不在乎，都掩飾不住一點點小驚慌。她知道自己需要什麼。

　　後來不停看到詩嘉的詩、文作品。出乎意料的是，這個孩子在處理好自己的專職工作之外還迷上了

文字，而且熱情地與國內一些愛好詩歌的好朋友一起，成立了不是一般意義上的詩社。在國內一些有影響的場所，舉辦過不一般檔次的文藝活動。他們的活動主流媒體有了報道，她的作品陸續上了國內重要刊報。這樣的變化，讓尹遠紅變得晴朗起來。明顯感覺，她的詩歌作品更多元了，更敞亮了，更豐碩了。今年，她用心出了一本詩歌專集，馬上又想到了要出版母女作品集，而且，這個主意迅速得到了詩嘉響應。

母女倆一拍即合，多好的事，朋友圈都為之高興。

一直以來，尹遠紅與我在文字上的交流較多，也知道我比較關注詩嘉的興趣愛好，她說，要不，你為我們的新著寫幾句話？

哈哈，多好的事，我沒有推辭，我就想起這麼幾句話，不知道她們母女是否認同：

女兒，終究是母親的代表作。

母親，不亞於女兒的範文。

世界上的母女關係，有無數種。現在看來世界上天地間，最幸福的母女關係叫筆友。

【作者系中國作家協會會員、中國散文學會會員、中國音樂文學學會會員。出版有長篇小說《鄉村候鳥》等專著 14 部。近作散見《中國作家》《北京文學》《小說選刊》《散文選刊》《作家文摘》《西部》《野草》《湖南文學》《讀者》《意林》等刊。作品多次進入年選和中高考試卷。多次獲《百花園》《小小說選刊》《作家文摘》等刊年度作品獎。】

作者答謝語

《M+D 母女文集》終於在這個秋天降生了。這歲月枝頭上採摘的又一個果子:不大不小,輕重自知。當然輕重都來自情感天秤的偏倚。是的,這於我是很有意義的書。

M+D,兩個很普通又很神聖的單詞 Mother 與 Daughter 的第一個字母,就這樣把我與女兒靈魂的心聲與文字的呼吸通過書頁的形式連接在了一起。我認為那不是強扭的綁架,那是發自我對孩子文字由衷的欣賞與尊重,從她的小時書寫到長大成年到至今到以後。感謝血脈天長地久纏綿呼應的親情;感謝世間化解一切恩怨縮短時空距離呈現力量與美的愛與愛情。感謝語言與文字的魅力與牽引,讓它們成為了禮物。

在此,我要感謝大弓一郎先生與鄧建華先生為我們的文集作序與跋。感謝為我們寫推薦語的阮直先生、雪克先生、周蓬樺先生、黎漢傑先生。

271

感謝文字習作路上給予我支援與鼓勵的香港的恒虹先生、何佳霖女士、文榕女士、吳燕青女士、林琳女士，陳利平女士、秀實先生、潘瓊來先生等。

最後，還要特別感謝初文出版社，感謝責編黎漢傑先生以及相關編輯們的辛苦付出，是你們，讓我們的文字得以呈現！

尹遠紅

2023 10 14